Gerd Man

Ny i Norge

TEKSTBOK

Norsk for utlendinger
Begynnernivå

Fag og Kultur

Boka er utarbeidet med støtte fra Norsk Faglitterært Fond

Forlagsredaktør: Hanne Hide
Grafisk formgiver: Liti Bøhle Høiness
Kalligrafi: Jakob Rask Arnesen
Omslag og illustrasjoner: Freda Magnussen
Omslagsdesign: Anne Catrine Jansen

Foto og andre illustrasjoner:
Morten Andersen/Samfoto 87 (3)
Ole A. Benget/Samfoto 115 (1)
P. Bugge/Mittet Foto A/S Omslag side 2, midt.
Bernt Eide/Samfoto 87 (1)
Göran H. Fredriksson/Mira/Samfoto 79
Lene Kirkegaard 19, 32, 116
M. Kojan/Mittet Foto A/S Omslag side 2, øv.
Mittet Foto A/S Omslag side 2, ned.
Mittet Foto A/S 151 (1)
Mimsy Møller/Samfoto/Hera 87 (2)
NKLs Prøvekjøkken 97
Anders Pettersen/Mira/Samfoto 115 (4)
Anders Pettersen/Samfoto 115 (2)
Samfoto 189
Roger Stenberg/Mira/Samfoto 87 (4)
Helge Sunde/Samfoto 151 (2)
Lars Säftström/Mira/Samfoto 115 (3)

Sats trykk og innbinding: Engers Boktrykkeri A/S

3. utgave – 4. opplag 1991

ISBN 82-11-00123-3

Forord

Ny i Norge er et begynneropplegg i norsk for fremmedspråklige. Det ble første gang utgitt i 1977. Nå foreligger en revidert og utvidet utgave der det er lagt større vekt på elevaktivitet. Det nye opplegget bygger på en kommunikativ undervisningsmodell der en parallelt arbeider med funksjoner, grammatikk og uttale. Funksjoner er det vi vil oppnå med språket: hilse, presentere seg, foreslå noe, svare i telefonen osv. Tekster og arbeidsoppgaver er utformet slik at de skal passe både for ungdom og voksne.

Ny i Norge består av tekstbok, arbeidsbok, øvinger i lytteforståelse, kassetter, grammatikkøvinger på edb, lærerveiledning og ordlister til de vanligste innvandrerspråkene.

Tekstboka inneholder 30 leksjoner. Tekstene tar opp situasjoner fra elevenes hverdag. Personene er valgt slik at elevene skal kunne identifisere seg med dem. Noen tekster er forholdsvis lange, men det betyr ikke at antallet nye ord er større enn i andre begynnerbøker.

Ordforrådet er basert på muntlig språkbruk, og språkformene følger læreboknormalen. Artikkelen *ei* er brukt ved de vanligste hunnkjønnsordene, men i undervisningen bør læreren velge den formen som er mest brukt på stedet.

Korrekt uttale er en viktig del av norsklæringen. **Ny i Norge** bruker et enkelt system med uttalemarkeringer som viser lyd, vokallengde og trykk. I lærerveiledningen forklares det nærmere hvordan man kan arbeide med uttalen.

De fleste leksjonene begynner med eksempler på uttrykksmåter for funksjoner som senere kommer tilbake i teksten. For eksempel: Hva sier man når man blir overrasket? Når man nøler? Eller når man er sulten? Etter hver leksjon følger en oversikt over den nye grammatikken som er introdusert i teksten. En minigrammatikk på slutten av boka kan brukes som oppslagsbok.

Arbeidsboka er nært knyttet til tekstboka. Den gir et variert tilbud av aktiviteter som øver inn grammatikk og ulike måter å uttrykke funksjoner på. Videre finnes kommunikative parøvinger der to personer med forskjellig informasjon skal samtale med hverandre.

Øvinger i lytteforståelse består av en kassett med innspilte tekster og et hefte med oppgaver. Disse muntlige tekstene tar opp ord, grammatikk og uttrykksmåter fra leksjonene, og som i tekstboka øker vanskelighetsgraden etter hvert.

Kassettene dekker alle tekstene i læreboka. De er lest inn av nordmenn, også når personene i tekstene er innvandrere. Dette er gjort for at kursdeltakerne skal lære norsk slik nordmenn snakker. De første ti tekstene er også lest inn i pausert versjon.

Gramatikkøvinger på edb. Grammatikkøvingene i arbeidsboka finnes på diskett. Elevene kan derfor arbeide selvstendig ved en IBM-kompatibel datamaskin og direkte få vite om deres svar er riktige eller ikke. Dette øker innlæringseffekten samtidig som lærerens rettearbeid blir vesentlig redusert.

Ordlister. I løpet av høsten 1990 vil det bli utgitt ordlister til de vanligste innvandrerspråkene og til engelsk, fransk og spansk.

Lærerveiledningen inneholder dels allmenne metodiske anvisninger, dels forslag til opplegg for leksjonene i boka. Den inneholder også et stort bildemateriale for kopiering til transparenter. Videre finnes ekstraøvinger for elever som er ferdige med oppgavene i arbeidsboka, og for elever som trenger mer øving. Prøver som viser om elevene har fått med seg de viktigste momentene i undervisningen, følger etter hver femte leksjon.

Tekster og øvinger er prøvd ut ved norskkurs i Bergen (Universitetet, Nygård skole) og Oslo (AOF, KIA innvandrersenter). Lærere ved Rosenhof skole, Voksenopplæringen i Drammen kommune, Friundervisningen i Asker og Undervisningssenteret i Karmøy har kommet med forslag til forbedringer. Til alle dere vil jeg rette en varm takk for konstruktiv kritikk.

Cand. mag. Atle Kristiansen har prøvd ut materialet og vært språklig og pedagogisk konsulent. Universitetslærer Olaf Husby har vært konsulent for uttaledelen. Cand. philol. Reidun Oanæs Andersen har bidradd med nyttig kritikk og kreative ideer. Minigrammatikken på slutten av tekstboka er blitt til i samarbeid med Reidun Birkeland. Takk alle fire for inspirerende og fruktbart samarbeid!

Gerd Manne

Innhold

1 A

Hei!
Jeg heter Hassan.
Hei!
Jeg heter Indira.

Jeg er fra USA.
Hvor er du fra?
Fra Italia.

Hvem er dette?

Det er Betty. Det er Maria. Det er Carlo.

B Hvor er de fra?

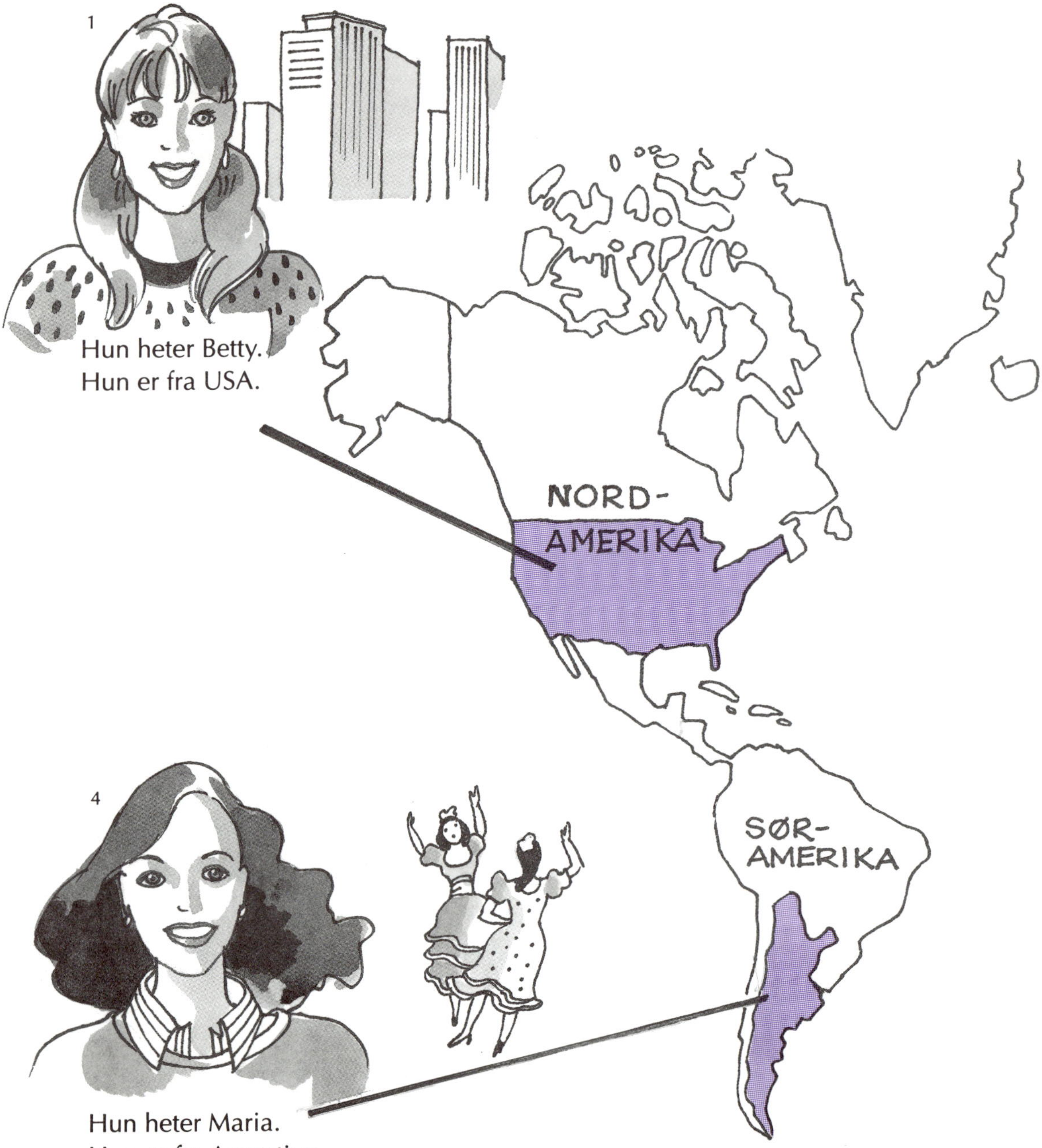

Hun heter Betty.
Hun er fra USA.

Hun heter Maria.
Hun er fra Argentina.

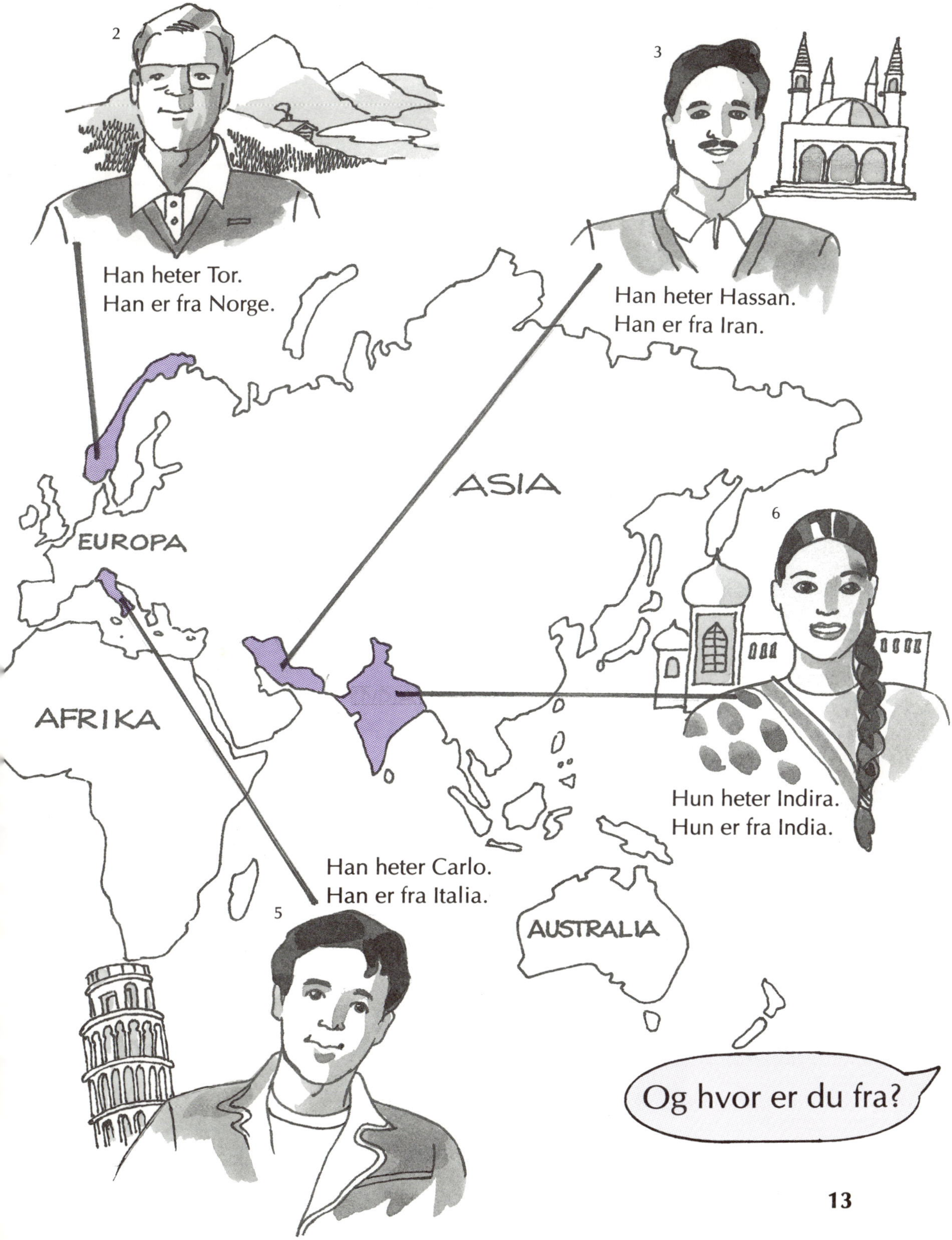
2
Han heter Tor.
Han er fra Norge.
3
Han heter Hassan.
Han er fra Iran.
ASIA
EUROPA
6
AFRIKA
Hun heter Indira.
Hun er fra India.
Han heter Carlo.
Han er fra Italia.
5
AUSTRALIA
Og hvor er du fra?

ARGENTINA
INDIA
IRAN
ITALIA
NORGE
USA
TOR
BETTY
CARLO
MARIA

C Jeg heter Tor

Tor: God dag. Jeg heter Tor. Hva heter du?
Carlo: Jeg heter Carlo.
Tor: Jeg er fra Norge. Hvor er du fra?
Carlo: Jeg er fra Italia.
Tor: Hva heter du?
Indira: Indira.
Tor: Er du fra India eller Pakistan?
Indira: Jeg er fra India.
Tor: Og hva heter du?
Maria: Maria.
Tor: Er du fra Sør-Amerika?
Maria: Ja, fra Argentina.
Tor: Hva heter du?
Hassan: Jeg heter Hassan.
Tor: Er du også fra Sør-Amerika?
Hassan: Nei, jeg er fra Iran.
Tor: Og hva heter du?
Betty: Jeg heter Betty og er fra USA.

Uttale

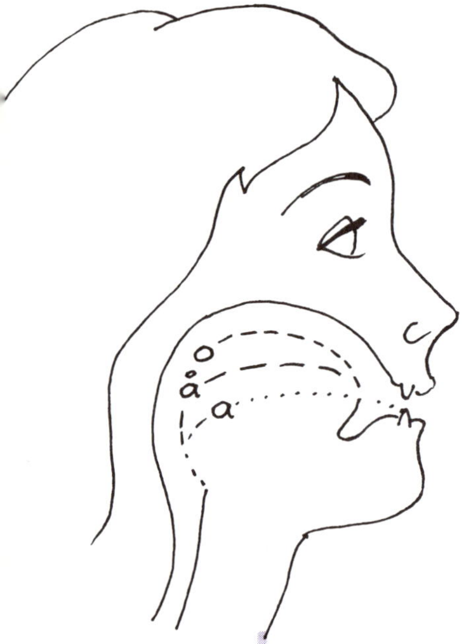

Lang vokal		Kort vokal
Tor god *[go]*	**O**	Oslo
og *[å]*	**Å**	Norge *[nårge]* også *[åså]*
ja fra dag Iran Italia	**A**	han Hassan

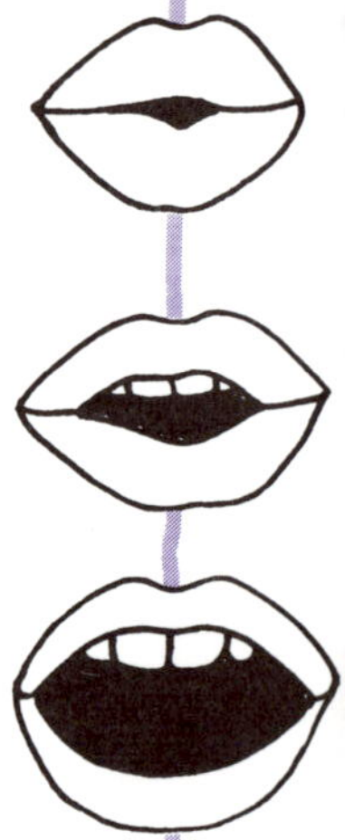

Du skriver	**Du sier**
God dag.	*[go dag]*
Hvem er det?	*[vem ær de]*
Det er Per og Kari.	*[de ær per å kari]*
Er de fra Norge?	*[ær di fra nårge]*
Ja, og Tor er også fra Norge.	*[ja, å tor ær åså fra nårge]*

Uttale

Trykk

Hva heter du? — Jeg heter Sara.

Hvor er du fra? — Jeg er fra Iran.

Hva heter hun? — Hun heter Carmen.

Hvor er hun fra? — Hun er fra Italia.

GRAMMATIKK

SPØRSMÅL	SVAR
– **Hva** heter du?	– Tor.
– **Hvor** er du fra?	– Norge.
– **Hvem** er det?	– Maria.
– Heter han Carlo?	– Ja.
– Er han fra USA?	– Nei.

ORDSTILLING

	2	
Han	heter	Tor.
Tor	er	fra Norge.
Han	er	norsk.
Hva	heter	du?
Hvor	er	du fra?
	Heter	han Tor?
	Er	Tor fra Norge?

Verbet har plass nr. 2

Hei!	Jeg heter . . .	Ha det!
God dag!	Jeg er fra . . .	Ha det bra!
God morgen!	Jeg kommer fra . . .	Adjø!
Morn!		Morn'a!

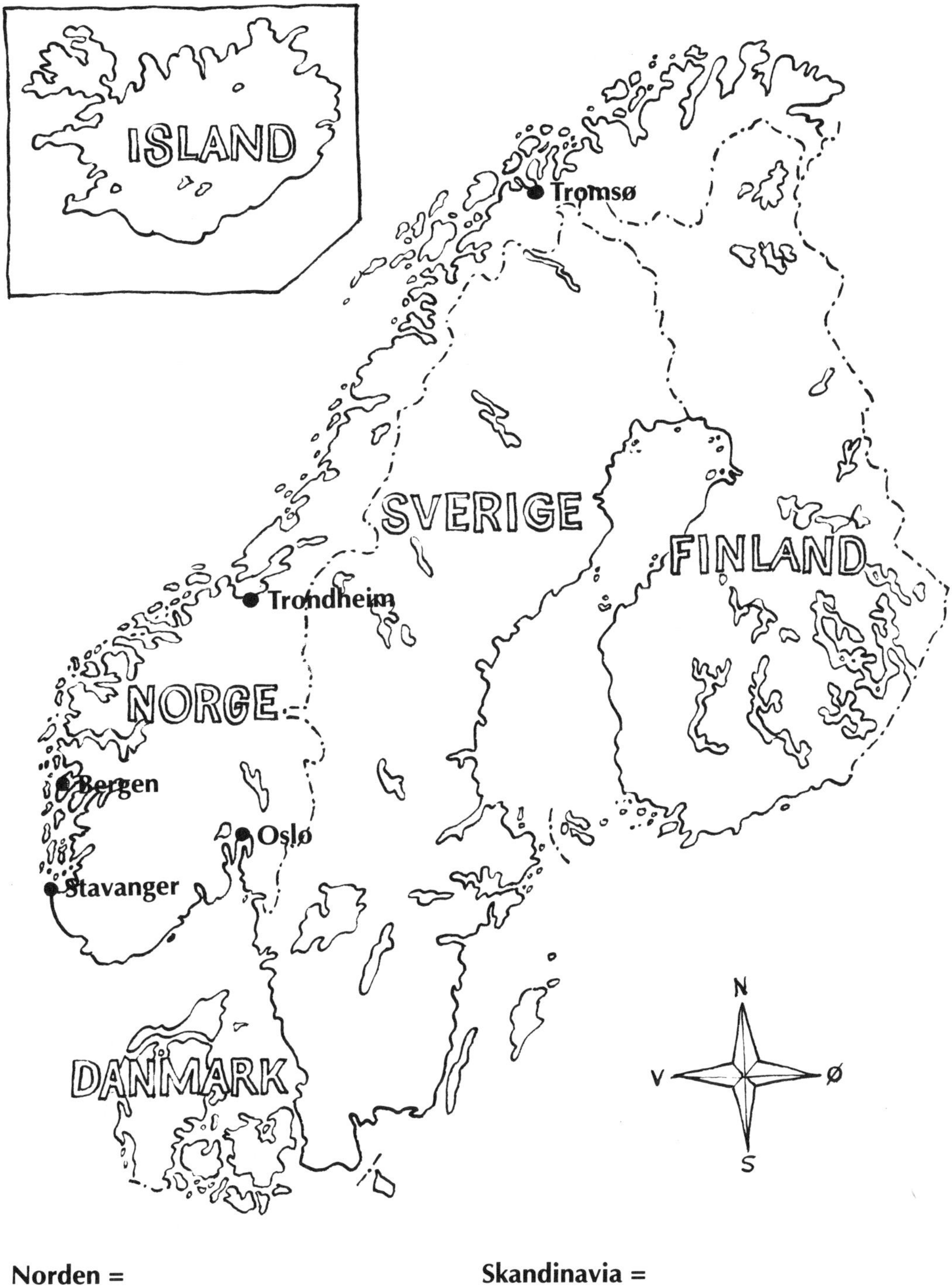

Norden =
Norge, Sverige, Danmark,
Finland og Island

Skandinavia =
Norge, Sverige
og Danmark

2A Hvordan staver du . . .?

Hvordan staver du «Tor»?

T-O-R

Hvordan skriver du «Pedersen»?

P-E-D-E-R-S-E-N

Kan du stave navnet ditt?

ALFABETET

1 A [a]	2 B [be]	3 C [se]	4 D [de]	5 E [e]	6 F [ef]	7 G [ge]
8 H [hå]	9 I [i]	10 J [je]	11 K [kå]	12 L [el]	13 M [em]	14 N [en]
15 O [o]	16 P [pe]	17 Q [ku]	18 R [ær]	19 S [es]	20 T [te]	21 U [u]
	22 V [ve]	23 W [dåbelt-ve]	24 X [eks]	25 Y [y]	26 Z [set]	
		27 Æ [æ]	28 Ø [ø]	29 Å [å]		

Navn

Adresse

B Tors familie

Tor Pedersen er fra Bergen.
Han er lærer i norsk.
Han kan også snakke
engelsk og spansk.
Han bor i Storgata 2 i Nordby.
Han er gift. Tors kone heter Liv.
De har to barn,
en gutt og ei jente.
De heter Per og Kari.

C Tor og Hassan

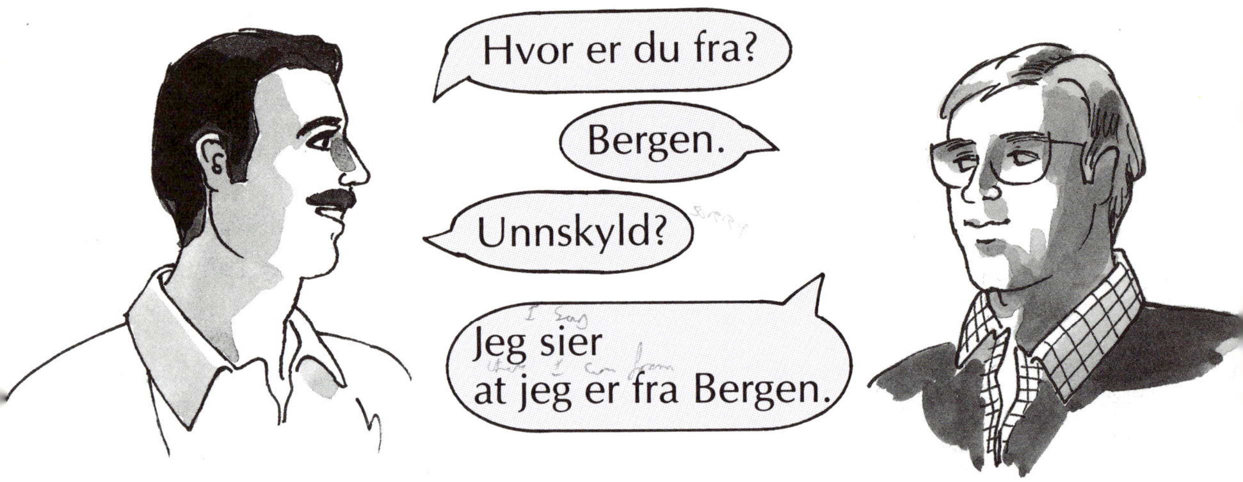

Tor: Hassan, hvordan staver du Darani?
Hassan: D-A-R-A-N-I.
Tor: Hvor bor du?
Hassan: I Tunveien 10.
Tor: Bor du alene?
Hassan: Nei, jeg er gift. Kona mi heter Sara.
Vi har en gutt.
Tor: Hva heter han?
Hassan: Han heter Ali. Har dere også barn?
Tor: Ja, vi har en gutt og ei jente.
Per er 14 år og Kari er 5.
Hvor gammel er Ali?
Hassan: 3 år.
Tor: Kan du snakke engelsk?
Hassan: Nei, ikke engelsk,
men jeg snakker litt fransk.
Jeg har en bror i Paris.
Tor: Og du snakker norsk også!
Hassan: Hva . . .? Kan du gjenta?
Tor: Jeg sier at du kan snakke norsk også!
Hassan: Ja, jeg prøver.

Uttale

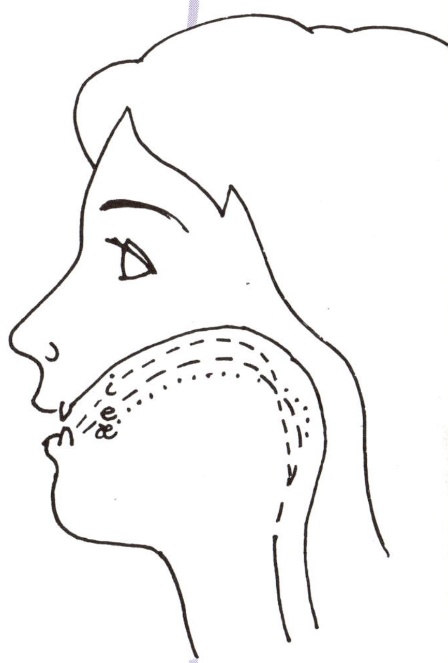

	Lang vokal		Kort vokal
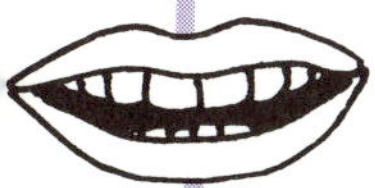	ti Liv Paris familie	I	ikke litt gift [*jift*]
	Per tre heter	E	jente eller engelsk [*eŋelsk*]
	er [*ær*] lærer	Æ	Bergen [*bærgen*]

b–p	d–t	g–k	v–f	v–b
ber – Per	do – to	gutt – kutt	hvem – fem	vi – bi
bar – par	de – ti	gå – K_	vin – fin	var – bar

Trykk

Tor er lærer.
Liv er gift.
Hassan snakker norsk.
Per bor i Storgata.

Jeg sier at Tor er lærer.
Jeg sier at Liv er gift.
Jeg sier at Hassan snakker norsk.
Jeg sier at Per bor i Storgata.

GRAMMATIKK

PRONOMEN

Hassan	→	han
Sara	→	hun
jeg + du	→	vi
du + du	→	dere
Hassan + Sara	→	de

	Jeg er fra Iran.
	Du er også fra Iran, Sara.
Tor er ikke fra Iran.	**Han** er fra Norge.
Liv er ikke fra Iran.	**Hun** er fra Norge.
Du og jeg er fra Iran.	**Vi** er fra Iran.
Du og Ali er fra Iran.	**Dere** er fra Iran.
Tor og Liv er ikke fra Iran.	**De** er fra Norge.

GENITIV

Hassan er gift.	**Hassans kone** heter Sara.
Kari har en bror.	**Karis bror** er 14 år.
Tor og Liv har ei jente.	**Tor og Livs jente** heter Kari.

ORDSTILLING

– **Han sier at** Betty er i Oslo.

1	2		+	1	2	
Tor	snakker	norsk,	og	Betty	snakker	engelsk.
Han	snakker	ikke fransk,	men	han	snakker	spansk.
Han	sier		at	han	snakker	litt fransk.
Han	sier		at	Betty	er	i Oslo.

Verbet har plass nr. 2

– Hvor bor du?
– Hvor gammel er du?
– Er du gift?
– Kan du snakke . . . ?

– Unnskyld?
– Hva sier du?
– Hva?
– Kan du gjenta?

3 A

Den er kvart over ett.

Den er halv to.

Den er kvart på to.

Den er to.

Fem over to.

Ti over to.

Ti på halv tre.

Fem på halv tre.

Fem over halv tre.

Ti over halv tre.

Ti på tre.

Fem på tre.

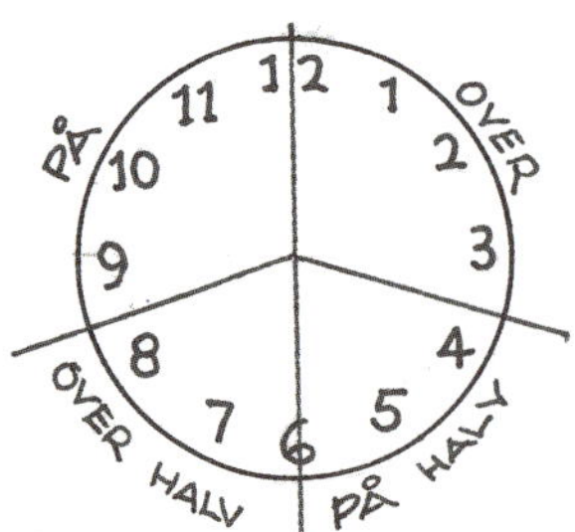

B Hva gjør du?

Når står du opp?

Når spiser du frokost?

Når begynner du å arbeide?

Hvor arbeider du?

Drikker du te klokka 12?

Når slutter du å arbeide?

Når spiser du middag?

Når er du på norskkurs?

C Bettys dag

1

Betty står opp klokka sju.

2

Hun spiser frokost klokka halv åtte.

3

Hun tar bussen klokka åtte.

4

Hun begynner å arbeide halv ni.
Hun arbeider i en butikk.

5

Hun drikker te klokka kvart på tolv.

6

Hun ringer til Maria kvart over to.

7

Hun slutter å arbeide halv fem.

8

Hun spiser middag ti over fem.

9

Hun er på kurs i norsk mellom seks og åtte.

10

Hun går hjem fem over åtte.

11

Hun leser ei bok fra klokka halv ti til kvart over ti.

12

Hun sover fra klokka elleve til klokka sju.

D En timeplan

NORSK FOR UTLENDINGER

TIMEPLAN

LÆRER: Tor Pedersen
STED: Nordby skole, rom H.
TID: Tirsdag kl. 18.00 - 20.00
Torsdag kl. 18.00 - 20.00

Uttale

Lang vokal		Kort vokal
du	U	buss
sju [ʃu]		slutte
tjue [çue]		unnskyld [unʃyl]
		gutt

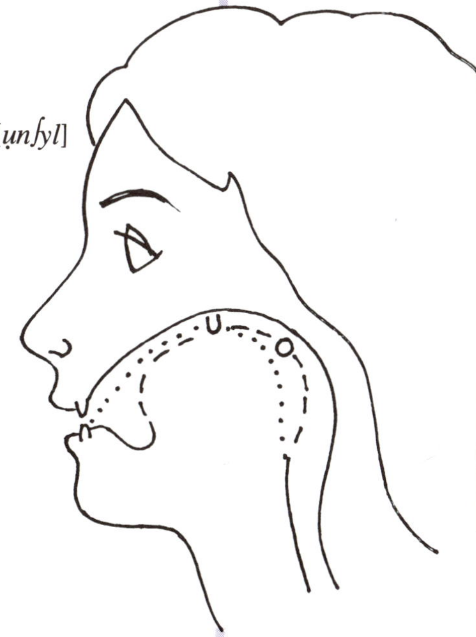

Trykk

Betty spiser.	Betty spiser middag.
Hun spiser.	Hun spiser middag.
Carlo leser.	Carlo leser ei bok.
Han leser.	Han leser ei bok.

Du skriver	Du sier
Hun begynner å arbeide klokka halv ni.	[*hun bejyner å arbeide klåka hal ni*]
Hun er på kurs i norsk.	[*hun ær på kurs i nårsk*]
Hun går hjem.	[*hun går jem*]
Hun sover fra klokka elleve til sju.	[*hun såver fra klåka elve til ʃu*]

GRAMMATIKK

VERB

Infinitiv	Presens
å spise	spiser
å lese	leser
å ringe	ringer
å snakke	snakker
å arbeide	arbeider
å drikke	drikker
å sove	sover
å gå	går
å stå	står
å ta	tar
å være	er

Jeg begynner	**å spise.**	Jeg **spiser.**
Jeg slutter	**å lese.**	Jeg **leser.**
Jeg prøver	**å ringe.**	Jeg **ringer.**
Jeg begynner	**å arbeide.**	Jeg **arbeider.**
Jeg prøver	**å snakke norsk.**	Jeg **snakker** norsk.

Jeg kan	**snakke** norsk.	Jeg **snakker** norsk.
Jeg kan	**ta** bussen til Gol.	Jeg **tar** bussen til Gol.
Jeg kan	**være** her klokka 4.	Jeg **er** her klokka 4.

TALL

0 null
1 en, ett
2 to
3 tre
4 fire
5 fem
6 seks
7 sju (syv)
8 åtte
9 ni
10 ti
11 elleve
12 tolv
13 tretten
14 fjorten
15 femten

16 seksten
17 sytten
18 atten
19 nitten
20 tjue (tyve)
21 tjueen (enogtjue, enogtyve)
22 tjueto (toogtjue)
23 tjuetre
24 tjuefire
25 tjuefem
26 tjueseks
27 tjuesju (syvogtyve)
28 tjueåtte
29 tjueni
30 tretti (tredve)

40 førti
50 femti
60 seksti
70 sytti
80 åtti
90 nitti
100 (ett) hundre
101 hundreogen
226 tohundreogtjueseks
1 000 (ett) tusen
1 200 ettusentohundre
10 000 ti tusen
100 000 hundre tusen
1 000 000 en million

– Hva er klokka?
– Hvor mye er klokka?
– Når står du opp?
– Hva gjør du klokka 12?

4 A Er du tørst?

Vil du ha noe å drikke?

Hva vil du ha å drikke?

Vil du ha melk?

Liker du øl?

Ja takk, kan jeg få et glass brus?

Nei takk, jeg er ikke tørst.

Jeg har lyst på en kopp kaffe.

Ja takk, jeg vil gjerne ha et glass melk.

Nei takk, jeg drikker ikke øl.

B Er du sulten?

Vil du ha noe å spise?

Hva vil du ha å spise?

Vil du ha ei brødskive?

Liker du syltetøy?

 et brød	 ei brødskive	 et rundstykke
 margarin	 ost	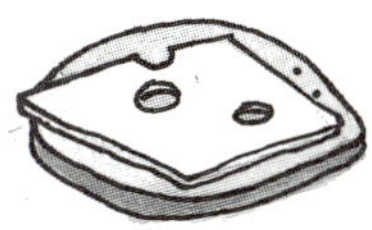 ei skive med ost
 syltetøy	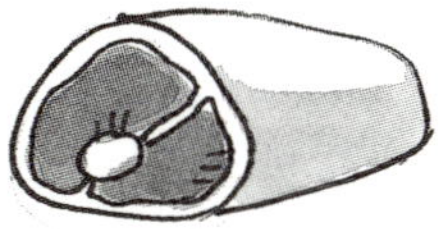 skinke	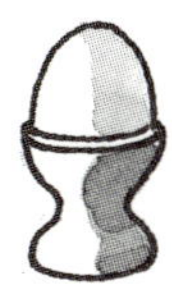 et egg

Nei takk, jeg er ikke sulten.

Jeg har lyst på ei skive med skinke.

Ja, jeg vil gjerne ha syltetøy.

Ja takk, jeg vil gjerne ha ei skive.

C Hjemme hos Maria

Indira er hos Maria.

Maria: Vil du ha te eller kaffe?
Indira: Te, takk. Jeg drikker ikke kaffe.
Maria: Bruker du sukker?
Indira: Ja takk. Har du litt melk også?
Maria: Ja, vær så god. Har du lyst på noe å spise?
Vil du ha ei brødskive?
Indira: Ja takk, gjerne.
Maria: Jeg har ost og skinke. Hva vil du ha?
Indira: Jeg vil gjerne ha ost.
Anne: Jeg er også sulten, mamma!
Maria: Du kan få ei brødskive, du også.
Anne: Jeg vil ha syltetøy på!
Maria: Nei, vi har ikke syltetøy. Bare ost og skinke.
Anne: Har vi is?
Maria: Ja, vi har is, men du må vente... Indira, vil du ha ei skive til?
Indira: Nei takk, jeg er forsynt.
Men jeg tar gjerne litt is sammen med Anne.
Anne: Kan jeg få brus også, mamma?
Maria: Nei, ikke i dag!
Anne: Indira vil kanskje ha brus, mamma...

D Hassan kjøper mat

Hassan er i butikken og kjøper mat.
Han tar tre liter melk og et stykke ost.
Han tar også egg og margarin.
Men han finner ikke kaffe.
Han spør en dame:

– Unnskyld, hvor finner jeg kaffe?
– Der borte til høyre.
– Takk. Og hvor finner jeg salt?
– Der til venstre.
– Tusen takk.

Hassan tar en pose kaffe, en pose salt,
en pose ris og en boks fiskeboller.
Han tar også en avis.

Han betaler og går hjem.

Uttale

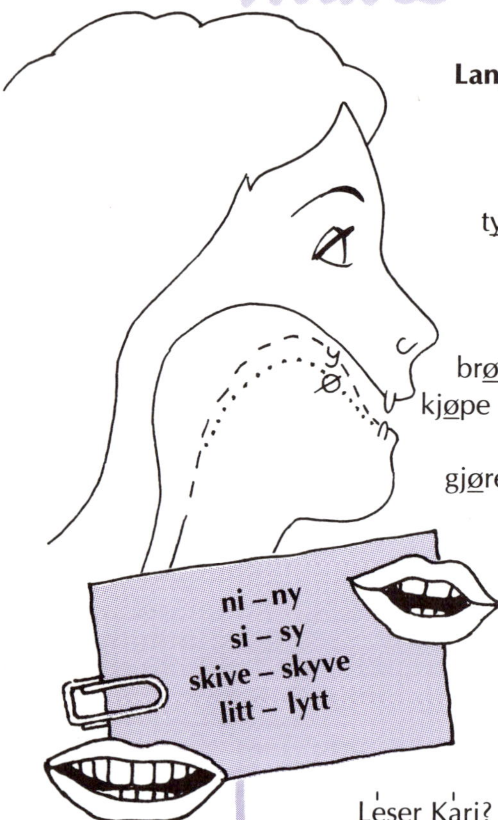

Lang vokal		Kort vokal
by	Y	lyst
mye		stykke
tyve (20)		begynne [*bejyne*]
		syltetøy
adjø	Ø	øl
brød [*brø*]		søndag
kjøpe [*çøpe*]		spørre
prøve		
gjøre [*jøre*]		

Trykk

Leser Kari?	Leser Kari engelsk?
Leser hun?	Leser hun engelsk?
Drikker Carlo?	Drikker Carlo øl
Drikker han?	Drikker han øl?

Du skriver	Du sier
jente	[*jente*]
juice	[*jus*]
gift	[*jift*]
begynne	[*bejyne*]
gjerne	[*jærne*]
gjøre	[*jøre*]
hjem	[*jem*]
hjemme	[*jeme*]

GRAMMATIKK

SUBSTANTIV

en kopp 

ei bok
en bok 

et glass 

en boks 

ei avis
en avis 

et egg 

HJEM – HJEMME

Han **går hjem** 

Han **er hjemme** 

ORDSTILLING

1	2		
Jeg	drikker		kaffe.
Jeg	drikker	ikke	kaffe.
Jeg	er		tørst.
Jeg	er	ikke	tørst.
Maria	vil		ha en kopp te.
Knut	vil	ikke	ha te.
Indira	vil	gjerne	ha en kopp te.
Hun	har	ikke	lyst på kaffe.

– Er du tørst?	– Ja, jeg vil gjerne ha et glass vann.
– Er du sulten?	– Nei, jeg er ikke sulten.
– Hva vil du ha å drikke?	– Et glass melk, takk.
– Hva vil du ha å spise?	– Et rundstykke, takk.
	– Jeg vil ha …
	– Jeg vil gjerne ha …
	– Jeg har lyst på …
	– Kan jeg få …
– Vil du ha …?	– Nei takk, jeg er forsynt.
– Har du lyst på …?	– Ja takk, gjerne.
	– Ja takk.
	– Ja.
	– Nei takk.

5 A

Hva gjør de?
Jeg står og tenker på en spansk film.
Jeg ligger og snakker med en venn.
Jeg sitter og skriver brev.
Vi sitter og ser på TV.
Jeg ligger og hører på musikk.
Og hva gjør du selv nå?

B Carlo skriver brev

1

Carlo sitter og leser et brev
fra en venn i Italia.
Vennen heter Mario.

2

Carlo leter etter brevpapir.
Han vil skrive til Mario,
men han finner ikke papir.

3

Carlo sykler til en bokhandel.

4

Han kjøper brevpapir i bokhandelen.

5

Han er hjemme. Han tar fram
brevpapiret og begynner å skrive.
Han forteller om Norge og
om arbeidet på fabrikken.

6

Carlo sitter og tenker på Italia.
Han lengter hjem. Mario bor i Roma,
og mora og faren til Carlo bor også der.

7

Carlo legger brevet i en konvolutt.

8

Han skriver navn og adresse på konvolutten og setter et frimerke på brevet.

9

Han putter brevet i lomma og går ut.

10

Carlo går til en postkasse og legger brevet i postkassen.

11

Han treffer Betty på veien hjem. Hun er sammen med en norsk gutt.

12

Carlo er alene. Han går på kino og ser en fransk film om kjærlighet.

Uttale

Lang a

a + ingen eller én konsonant

m**a**t

t**a**
br**a**
d**a**g
d**a**me
It**a**lia

Kort a

a + flere konsonanter

fl**a**ske

gl**a**ss

n**a**vn
s**a**ft
s**a**lt
fr**a**nsk
m**a**ndag
v**a**nn
t**a**kk
m**a**mma
sn**a**kke
g**a**mmel

Lang e

e + ingen eller én konsonant

br**e**v

t**e**
tr**e**
l**e**te
l**e**se
d**e**re

Kort e

e + flere konsonanter

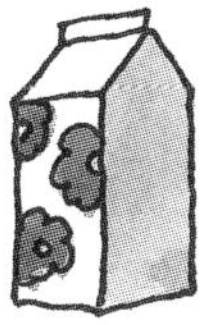

m**e**lk

tr**e**tten

j**e**nte
s**e**ks
England [*ẹŋlan*]
t**e**nke [*tẹŋke*]
l**e**ngte [*lẹŋte*]
d**e**tte
etter
hj**e**mme [*jẹme*]
tr**e**ffe
l**e**gge

Lang i

i + ingen eller én konsonant

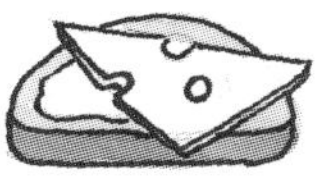

sk**i**ve [*ʃi̲ve*]

v**i**
v**i**n
l**i**ter
sp**i**se
skr**i**ve

Kort i

i + flere konsonanter

f**i**lm

n**i**tti

sk**i**nke [*ʃịŋke*]
g**i**ft [*jịft*]
r**i**nge [*rịŋe*]
India
indisk
m**i**ddag
ikke
dr**i**kke
f**i**nne
s**i**tte

Uttale

Trykk

Når spiser Kari?

Når spiser hun?

Hvor bor Carlo?

Hvor bor han?

Hva gjør Betty?

Hva gjør hun?

Når spiser Kari middag?

Når spiser hun middag?

Hvor tar Carlo bussen?

Hvor tar han bussen?

Når leser Betty norsk?

Når leser hun norsk?

GRAMMATIKK

SUBSTANTIV

en venn – vennen	ei kone – kona en kone – konen	et barn – barnet
en gutt – gutten	ei bok – boka en bok – boken	et brev – brevet
en butikk – butikken	ei avis – avisa en avis – avisen	et kurs – kurset

Jeg har en venn. **Vennen** heter Jon.

Jon har ei kone. **Kona** heter Eva.

Eva har et barn. **Barnet** heter Ola.

Ola har en lærer. **Læreren** heter Lise.

Lise leter etter ei bok. **Boka** heter Ny i Norge.

Boka ligger under et brev. **Brevet** er til Tor.

vennen til Carlo	=	Carlos venn
faren til Kari	=	Karis far
mora til Per	=	Pers mor
boka til Tor	=	Tors bok
brevet til Mario	=	Marios brev
frimerket til Carlo	=	Carlos frimerke

VERB + PREPOSISJON

lete etter noe
tenke på noe
fortelle om noe
skrive til noen

- Jeg sitter og leser ei bok.
- Jeg sitter og skriver et brev.
- Jeg går og leter etter papir.
- Jeg går og lengter hjem.
- Jeg står og ser på fabrikken.
- Jeg ligger og tenker på Eva.

6A

4,70 = fire kroner og sytti øre
eller
fire sytti

B Carlo i kiosken

Carlo: Kan jeg få Dagbladet?
A: Det er dessverre utsolgt.
Carlo: Har du Aftenposten?
A: Ja, vær så god. Noe annet?
Carlo: Ja, en banan og et eple.
A: Bananen koster 3,50 og eplet 4,70.
Det blir 18,20.
Carlo: Her er 20 kroner.
A: En krone og 80 øre tilbake, vær så god.
Carlo: Takk.

C Hassan på postkontoret

Hassan: Jeg skal sende et kort til Iran.
Hva koster det?
B: 5 kroner.
Hassan: Jeg har et brev også.
B: Jeg skal veie det. Det koster 12 kroner.
Det blir 17 kroner, da.
Hassan: Vær så god!
B: 3 kroner tilbake, vær så god.
Hassan: Tusen takk.

D Betty i banken

Betty: Kan jeg få veksle 50 dollar i norske kroner?
C: Ja. – Det blir 395 kroner. Vær så god.
Betty: Jeg skal ta ut 1000 kroner også.
Her er bankkortet.

Betty får en blankett.
C: Vil du skrive navnet her?

Betty skriver og gir blanketten tilbake.
Betty: Vær så god.
C: Vil du ha en tusenlapp, eller vil du ha hundrelapper?
Betty: Jeg kan ta en tusenlapp.
C: Vær så god.
Betty: Takk.

E Maria hos frisøren

Maria: God dag!
Frisøren: God dag!
Maria: Jeg heter Maria Berge.
Jeg har time klokka halv to.

Frisøren ser i ei bok og finner Marias navn.
Frisøren: Ja, det stemmer. Vær så god og sitt her.
Maria: Takk.
Frisøren: Du må vente litt. Vil du ha et ukeblad?
Maria: Ja takk, gjerne.
Frisøren: Jeg kommer straks.

Maria leser i ukebladet. Frisøren kommer tilbake.
Frisøren: Hvordan vil du ha håret?
Maria: Omtrent som nå, bare litt kortere.

Frisøren vasker og klipper håret.
Frisøren: Synes du det er bra nå?
Maria: Ja, det er bra.
Frisøren: Jeg skal tørke og føne det.

Maria er ferdig. Hun betaler og går hjem.

Uttale

Lang o

o + ingen eller én konsonant

b**o**k

t**o**
b**o**
k**o**ne
kr**o**ne
br**o**r

Kort o

o + flere konsonanter

ost
l**o**mme

Oslo
fj**o**rten (14) [*fjorten*]
hv**o**rdan [*vordan*]
onsdag

Lang å

å + ingen eller én konsonant

h**å**r

n**å**
st**å**
år
over
s**o**ve

Kort å

å + flere konsonanter

t**o**lv [*tål*]
kl**o**kke

N**o**rge
n**o**rsk [*nårsk*]
p**o**st
m**o**rn [*mårn*]
k**o**ste

k**o**pp
åtte (8)
åtti (80)
k**o**mme
d**o**llar

Du skriver	**Du sier**
Vær så god!	[*værsågo*]
Hva koster eplet?	[*va kåster eple*]
Skriv navnet her.	[*skriv navne hær*]

Trykk

banan, betale, blankett, dessverre, frisør,
kiosk, omtrent, sigarett, tilbake, margarin

GRAMMATIKK

SUBSTANTIV Ubestemt form	SUBSTANTIV Bestemt form	PRONOMEN
en gutt	gutten	han
ei/en jente	jenta/jenten	hun
en banan	bananen	den
ei/en pære	pæra/pæren	den
et eple	eplet	det

– Hvor er gutten? – **Han** er i kiosken.
– Hvor er jenta? – **Hun** er i banken.

– Hva koster bananen? – **Den** koster 3,50.
– Hva koster pæra? – **Den** koster 5,10.
– Hva koster eplet? – **Det** koster 4,70.

Jeg har en venn. **Vennen** heter Jon.
Han heter Jon.

Jon har ei kone. **Kona** heter Eva.
Hun heter Eva.

Eva har et barn. **Barnet** heter Ola.
Han heter Ola.

Ola har en lærer. **Læreren** heter Lise.
Hun heter Lise.

Lise leter etter ei bok. **Boka** heter Ny i Norge.
Den heter Ny i Norge.

Boka ligger under et brev. **Brevet** er til Tor.
Det er til Tor.

HJELPEVERB

1 

kan – kan ikke

– Jeg **kan** ikke lese.
Jeg er bare 5 år.
Men Per **kan** lese.

2 

vil – vil ikke

– Jeg **vil ikke** ta tran!
Jeg **vil** ha melk.
– Kari, du må!

3 

skal – skal ikke

– Jeg **skal ikke** være hjemme i morgen.
Jeg **skal** reise til Oslo sammen med mor.

4 

må – må ikke

– Du **må ikke** sykle alene i gata!
Du **må** se opp for biler!

I butikken

– Kan jeg få . . .?
– Jeg vil ha . . .
– Jeg skal ha . . .

– Ja, vær så god.
– Det er dessverre utsolgt.
– Nei, vi har ikke . . .
– Vi har dessverre ikke . . . i dag.

– Hva koster . . .?
– Hvor mye koster . . .?

– Den/Det koster . . . kroner.

– Hvor mye blir det?
– Hva blir det?

– Det blir . . . kroner og . . . øre.

I banken

– Jeg skal ta ut . . . kroner.
– Jeg skal sette inn . . . kroner.
– Jeg skal veksle . . . i norske kroner.
– Kan jeg få veksle . . .

Hos frisøren

– Hvordan vil du ha håret?
– Skal jeg klippe det?
– Skal jeg føne det?
– Er det bra nå?
– Vil du ha håret slik?
– Hva synes du om dette?

– Jeg vil ha det kort.
– Ja takk, men bare litt.
– Ja takk.
– Ja, det er bra.
– Nei, jeg vil gjerne ha det kortere.
– Det er bra.

7A

Hvordan er været i Nordby? Her i Bergen regner det.
Det snør, og det er kaldt.
Hva slags vær er det i Roma i dag?
Det er fint vær. Sola skinner, og det er varmt.
Hvordan er været i Nordby?
Det blåser i dag.

B Hva betyr . . .?

Kan du stave «Kofi»?
K-O-F-I
Hvordan staver du etternavnet ditt?
Unnskyld! Jeg forstår ikke.
Hva betyr «yrke»?
Hva heter «ugift» på engelsk?
Kan du forklare ordet «førerkort»?
Har du et viskelær?
Ja, vær så god!

C Kofi fra Ghana

FØRERKORT • PERMIS DE CONDUIRE

1. Etternavn
Mensah
2. Fornavn
Kofi
3. Fødselsnummer
210967 34771
4. Bostedskommune
Nordby
Innehaverens underskrift
Kofi Mensah
5. Utstedt av
BILTILSYNET
6. Sted
Nordby
7. Gyldig til
21-09-2067
8. Klasse
*BE****
Første førerkort
21-06-1990
11/6 - 90
Dato
Stempel/Underskrift

Det er en ny elev på norskkurset i dag.
Han heter Kofi og er fra Ghana. Han kjører bil til skolen.
Akkurat i dag er det fint å ha bil, for det regner og blåser.

Klokka er kvart på seks. På skolen treffer han Tor, Betty og Indira.
Han hilser, og de begynner å snakke sammen.

Betty: Hvor lenge har du vært i Norge?
Kofi: I ett år.
Indira: Trives du?
Kofi: Ja, jeg vet ikke . . . Jeg liker å studere her,
men været er dårlig, synes jeg.
I Ghana skinner sola. Her regner det, og det er så kaldt.
Jeg blir deprimert av regnet.
Indira: Hva betyr **deprimert?**
Kofi: Det betyr **trist.**
Tor: Nå kommer Maria og Hassan. Carlo også. Da begynner vi.
Du Kofi, kan du fylle ut dette skjemaet i pausen?

D Et skjema

I pausen ser Kofi på skjemaet.
Han begynner å skrive, men pennen virker ikke.

Kofi: Maria, har du en penn?
Maria: Ja, vær så god!

Kofi fyller ut navn og fødselsnummer. Så begynner han å skrive adressen, men han husker ikke postnummeret.

Kofi: Hva er postnummeret til Nordby?
Maria: 2700
Kofi: Takk. Her står det «sivilstand». Det forstår jeg ikke. Hva heter sivilstand på engelsk? Vet du det?
Maria: Nei, jeg kan ikke engelsk, men jeg kan prøve å forklare på norsk. Det betyr: Er du gift eller ugift eller skilt?
Kofi: Jeg er ikke gift, heldigvis.
Maria: Hvorfor sier du heldigvis?
Kofi: Jeg liker å være fri.
Maria: Hva gjør du her i Norge?
Kofi: Jeg studerer i Oslo. Men nå skal jeg være her i Nordby i to måneder og arbeide på en restaurant. Jeg trenger penger.
Maria: Ja vel.
Betty: Å, nå regner det igjen!
Kofi: Jeg skal til sentrum etter timen. Hvem vil sitte på?

Alle vil sitte på. Kofi smiler litt. Bilen er ikke stor.

Kofi: Jeg kan kjøre to ganger.
Maria: Flott! Så synd at du bare skal være her i to måneder!

Etternavn: Mensah	Fornavn: Kofi	Fødselsnummer: 210967 34771
Postadresse: Hareveien 11, 2700 Nordby		
Telefon: 39 87 25	Sivilstand: ugift	
Yrke: student	Nasjonalitet: Ghana	

Uttale

Lang y

y + ingen eller én konsonant

by

ny
bety
mye
synes
tyve

Kort y

y + flere konsonanter

syltetøy

sykkel

yrke
sykle
synd [*syn*]

nytt
stykke
fylle
begynne [*bejyne*]

Lang u

u + ingen eller én konsonant

tusen

du
sju [*ʃu*]
brus
bruke
uke

Kort u

u + flere konsonanter

hundre

buss

frukt
huske
sulten
hundrelapp

gutt
slutte
putte
konvolutt

Trykk

De begynner klokka seks.	Klokka seks begynner de.
De slutter nå.	Nå slutter de.
De snakker norsk på kurset.	På kurset snakker de norsk.
Han kjører bil til skolen.	Til skolen kjører han bil.

GRAMMATIKK

ADJEKTIV

en-ord	**ei**-ord	**et**-ord

Musikken er **fin.**	Jenta er **fin.**	Været er **fint.**
Bilen er **stor.**	Boka er **stor.**	Eplet er **stort.**
Teen er **varm.**	Flaska er **varm.**	Kontoret er **varmt.**
Kaffen er **kald.**	Flaska er **kald.**	Været er **kaldt.**
Eleven er **ny.**	Klokka er **ny.**	Viskelæret er **nytt.**
Bilen er **dårlig.**	Boka er **dårlig.**	Været er **dårlig.**
Gutten er **trist.**	Jenta er **trist.**	Været er **trist.**
Læreren er **bra.**	Boka er **bra.**	Været er **bra.**

ORDSTILLING

1	2		1	2	3
Kofi	er	på kurs i dag.	I dag	er	Kofi på kurs.
Kurset	begynner	klokka seks.	Klokka seks	begynner	kurset.
Han	treffer	Tor på kurset.	På kurset	treffer	han Tor.
Kofi	snakker	norsk nå.	Nå	snakker	Kofi norsk.
Han	trives	her.	Her	trives	han.
Han	kjører	til sentrum etter timen.	Etter timen	kjører	han til sentrum.

Subjekt + verbal

Sted/tid + verbal + subjekt

På kurset

– Hva heter «yrke» på engelsk? – Det heter «profession».
– Hva betyr «yrke»? – Det betyr arbeid.
– Kan du forklare «yrke»? – «Lærer» er et yrke, «frisør» også.
– Jeg forstår ikke ordet «yrke»? – Det betyr det du gjør.

– Kan jeg få låne et viskelær? – Ja, vær så god.
– Takk.
– Har du et viskelær? – Nei, dessverre.

Været

– Hvordan er været?
– Hva slags vær er det?

– Det er flott vær.
– Det er fint vær.
– Det er stygt vær.
– Det er trist vær.

– Sola skinner.
– Det regner.
– Det blåser.
– Det snør.

– Det er varmt.
– Det er kaldt.

8A

Du har 2000 kroner.
Hva vil du kjøpe?

B Kan jeg hjelpe deg?

HERREAVDELING
Liker du denne genseren?
Ja, den er fin. Hva koster den?
300,–. Jeg tror jeg prøver den.
Unnskyld, hvor finner jeg kåper?
BARNEAVDELING
Unnskyld, kan du hjelpe meg?
Vi vil se på ei jakke.
Har dere røde jakker?
Kan hun få prøve størrelse...?
Hva koster jakkene?
JAKKER fra Kr 250

C Anne får nye klær

1

Det er lørdag morgen.
Maria sitter og leser avisen.
Hun ser at det er salg i mange butikker. Hun blir glad.
Anne trenger ny jakke og ny bukse.

2

Maria ser at det er salg på jakker og bukser i mange butikker. Hun ser at de har ei fin jakke til 300 kroner på Domus. Og det er billige bukser i mange butikker.

3

Maria sier til Knut at hun har lyst til å gå på salg. Knut vil ikke bli med. «Jeg blir hjemme med Carmen,» sier han. «Kan du ikke kjøpe mat og lage middag også?» spør Maria.

4

Maria og Anne tar bussen til sentrum.
Anne liker å kjøre med buss.
Hun sitter og ser på buss-sjåføren.
Han ser det og smiler.

5

Først går Maria og Anne til postkontoret
og henter barnetrygden.
Nå har de penger, og de kan gå og
kjøpe klær.

6

Så går de til barneavdelingen på Domus.
Maria ser på jakker og bukser.
Og hun ser på priser. Jakkene til
300 kroner er fine, men butikken har
også gode jakker til 250 kroner.

7

Anne står og ser på luer.
Hun ser ei gul lue. Den er pen.
To jenter på skolen, Eva og Lise,
har slike gule luer.

8

Maria tar ei rød og to grønne
jakker og går bort til Anne.
Hun prøver jakkene. Alle passer.
Anne vil ha ei grønn jakke, og
Maria sier at det er greit.

9

Nå prøver Anne ei bukse. Den er for stor, og ekspeditrisen henter en annen størrelse. Den passer. Maria ser på prisen. 190 kroner. Sammen med jakka blir det 490 kroner.

10

Anne vil ha ei lue også.
Hun har lyst på ei gul, men Maria kjøper ei grønn lue.
«Det er samme farge som jakka,» sier hun til Anne.

11

Maria betaler jakka, buksa og lua.
Det blir 540 kroner.
Ekspeditrisen legger klærne i en pose og gir den til Anne.

12

Neste dag har Anne ny jakke, ny bukse og ny lue på skolen.
Lise og Eva synes at hun er fin.

Uttale

ʃ-lyd

sk

skive

skinke
skinne
unn**sk**yld [*unʃyl*]

sj

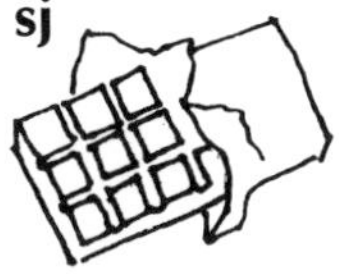

sjokolade

sju
sjåfør
na**sj**onalitet

skj

skjorte [*ʃorte*]

skjørt [*ʃørt*]
skjema
kan**skj**e

ç-lyd

k

kino

kiosk [*çåsk*]
kilo
kikke
kinesisk
kysse

kj

kjole

kjøpe
kjøre
kjærlighet [*çærlihet*]

tj

tjue

tjueen
tjueto
tjuetre

Trykk

Knut er hjemme. Han lager middag.

Maria går på utsalg. Hun har penger.

Butikken heter Domus. Den ligger i sentrum.

Maria ser på jakker. De er billige.

Jakkene er grønne. De er fra Italia.

Anne vil ha ei lue. Den koster hundre kroner.

Lua er fin. Den er gul.

GRAMMATIKK

SUBSTANTIV

	Entall		Flertall	
	en gutt	gutt**en**	gutt**er**	gutt**ene**
	en kjole	kjol**en**	kjol**er**	kjol**ene**
	en frakk	frakk**en**	frakk**er**	frakk**ene**
	ei/en jente	jent**a**/jent**en**	jent**er**	jent**ene**
	ei/en jakke	jakk**a**/jakk**en**	jakk**er**	jakk**ene**
	ei/en lue	lu**a**/lu**en**	lu**er**	lu**ene**
	et bord	bord**et**	bord	bord**ene**
	et slips	slips**et**	slips	slips**ene**
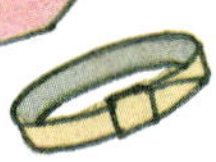	et belte	belt**et**	belt**er**	belt**ene**

Liv har tre kjol**er.**

Kjol**ene** er fra Norge.
De er fra Norge.

Tor har to frakk**er.**

Frakk**ene** er fra Hongkong.
De er fra Hongkong.

Per har tre jakk**er.**

Jakk**ene** er fra England.
De er fra England.

Kari har fire lu**er.**

Lu**ene** er fra Sverige.
De er fra Sverige.

Tor har fem slips.

Slips**ene** er fra Spania.
De er fra Spania.

Liv har tre belt**er.**

Belt**ene** er fra Italia.
De er fra Italia.

ADJEKTIV

en gul kjole
ei rød lue
et brunt slips

mange gule kjoler
fire røde luer
fem brune slips

ADJEKTIV OG SUBSTANTIV

<table>
<tr><td rowspan="6">Jeg vil</td><td rowspan="6">se på
prøve
kjøpe</td><td>en</td><td rowspan="2">pen
billig</td><td rowspan="2">rød
gul
brun
grønn
hvit
svart
blå</td><td>genser
frakk
kjole</td></tr>
<tr><td>ei/en</td><td>skjorte
jakke
lue</td></tr>
<tr><td>et</td><td>pent
billig</td><td>rødt
gult
brunt
grønt
hvitt
svart
blått</td><td>skjørt
belte</td></tr>
<tr><td>et par</td><td rowspan="2">pene
billige</td><td rowspan="2">røde
gule
brune
grønne
hvite
svarte
blå</td><td>sko</td></tr>
<tr><td>(noen)</td><td>bluser
skjorter
jakker
skjørt</td></tr>
</table>

HVILKEN? – HVILKET? – HVILKE?

Hvilken størrelse vil du ha?

Hvilket slips liker du best?

Hvilken bok vil du ha?

Hvilke ukeblader liker du best?

	Å kjøpe klær	
	Vær så god? – Kan jeg hjelpe deg?	Jeg vil bare kikke litt. – Ja takk, jeg vil se på en genser.
Farge	– Hvilken farge vil du ha?	– Rød/blå/grønn... – Jeg vil ha en rød genser.
Størrelse	– Hvilken størrelse? – Hvilket nummer? – Her er nummer 40. – Ja, vær så god. – Passer den?	– Nummer 40. – Kan jeg få prøve genseren? – Ja, den passer akkurat. – Nei, den er for stor. – Nei, den er for liten.
Pris	– Vil du ha genseren? – Den koster 500 kroner. – Takk.	– Hva koster den? – Jeg tar den. – Jeg vil vente litt. Den er for dyr.

Unnskyld!

– Unnskyld, hva sier du?
– Unnskyld, hva sa du?

– Unnskyld, hvor finner jeg kåper?
– Unnskyld, hvor er barneavdelingen?
– Unnskyld, kan du hjelpe meg?

– Unnskyld! – Unnskyld!

9A Hva skal Betty gjøre i kveld?

Hva skal Betty gjøre i kveld?

Hva gjør hun i morgen?

Hva skal hun gjøre fredag kveld?

Og hva skal du gjøre i kveld?

Hvor ofte ser du Dagsrevyen på TV?

Hvor ofte går du på kino?

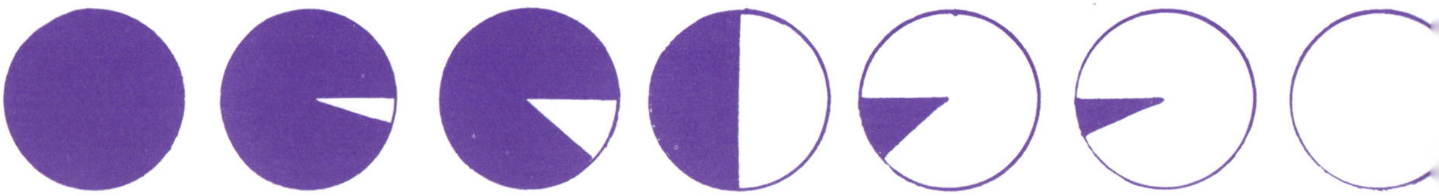

B Hva er det på TV?

Hva er det på TV i kveld?
Er det ikke en film?

Er det noe morsomt på TV?

Når begynner filmen?

Skal vi se på Dagsrevyen?

Får du inn svensk TV?

I DAG

NRK

17.00 Ettermiddagsnytt
18.00 Barne-TV
18.25 Tennis
19.30 Dagsrevyen
20.00 Fjernsynskjøkkenet
20.30 Norsk musikk i dag
21.00 Min mann eller din, amerikansk film fra 1985
22.45 Kveldsnytt

I MORGEN

NRK

17.00 Ettermiddagsnytt
18.00 Barne-TV
18.30 Follow me, språkkurs i engelsk
19.30 Dagsrevyen
20.00 Fra bokhylla
20.40 Fjernsynsteatret: Det blåser kaldt
22.10 Musikk: Jazz fra København
22.35 Kveldsnytt

C Betty og familien Eriksen

Betty leier en hybel av Herman og Eli Eriksen.
Herman er en fetter av faren hennes, og han sier ofte at han liker å ha en amerikansk slektning i huset.
Rommet til Betty er ikke så stort, men hun kan bruke kjøkkenet til familien Eriksen, og hun kan se på TV i stua deres.

Betty er ofte sammen med Herman og Eli. De er nesten alltid hjemme.
De har ikke bil og ikke hytte, men de har farge-TV og video.
Noen ganger sitter Betty sammen med Herman og Eli og ser på TV om kvelden. Herman røyker og ser på TV.
Betty liker ikke pipa hans, men hun sier ikke noe.

Nå ser Herman og Eli på en engelsk serie hver onsdag, og de snakker ofte om den. Betty liker ikke serier.
«Jeg vil ikke sitte foran TV-en hver onsdag,» sier hun.

D Er det noe bra på TV i kveld?

Betty: Er det noe bra på TV i kveld?
Fru Eriksen: Jeg vet ikke. Se i avisen!
Betty: Det er et program om mat etter Dagsrevyen.
«Fjernsynskjøkkenet» heter det.
Pleier ikke du å se det programmet?
Fru Eriksen: Jo, det er et bra program.
Betty: Så er det et kort program om musikk.
Deretter kommer en amerikansk film.
Den heter «Min mann eller din». Den er fra 1985.
Fru Eriksen: Tror du filmen er bra?
Betty: Jeg vet ikke, men jeg vil gjerne se den.
Jeg har ikke noe annet å gjøre i kveld. Skal du se filmen?
Fru Eriksen: Ja, jeg tror det. Når begynner den?
Betty: Klokka ni, og den slutter kvart på elleve.
Fru Eriksen: Vi kan vel se den sammen!
Det er morsomt å diskutere filmen etterpå!
Men nå kommer Herman hjem. Hei Herman!
Herr Eriksen: Hei! Nå skal det bli godt med mat. Og senere i kveld
er det landskamp i fotball på svensk TV.
Den kampen har jeg lyst til å se!
Fru Eriksen: Når begynner den?
Herr Eriksen: Klokka ni.

Uttale

Lang ø

ø + ingen eller én konsonant

br**ø**d [*brø*]

adj**ø**
r**ø**d [*rø*]
sn**ø**
pr**ø**ve
fris**ø**r

Kort ø

ø + flere konsonanter

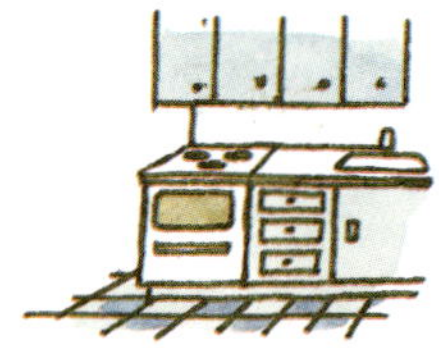

skj**ø**rt [*ʃørt*] kj**ø**kken

gr**ø**nt
r**ø**dt [*røt*]
t**ø**rst [*tørst*]
f**ø**rst [*først*]
s**ø**ndag

gr**ø**nn
sp**ø**rre
st**ø**rrelse

Lang æ

æ + ingen eller én konsonant

p**æ**re

er
h**e**r
kl**æ**r
l**æ**rer

Kort æ

æ + flere konsonanter

frim**e**rke H**e**rman

h**e**rr Eriksen

ŋ-lyd

Inger le**ng**ter til E**ng**land.
Ingrid tre**ng**er ma**ng**e pe**ng**er.
O**n**kel **Ing**e te**n**ker på pe**ng**ene i ba**n**ken.

GRAMMATIKK

NÅ ——————→ **FRAMTID**

Betty spiser ei brødskive nå.

Hun **skal spise** middag klokka fem.

Hun ser på TV nå.

Hun **skal se** på TV i kveld også.

Herman er hjemme i dag.

Han **er** hjemme **i morgen** også.

---

1 FUTURUM (+ TID)
Jeg **skal se** på TV **i kveld.**
Jeg **skal vaske** håret.
Jeg **skal** ikke **gå ut.**

2 PRESENS + TID
Jeg **kommer på søndag.**
Vi **kjører** til Oslo **på fredag.**
I morgen har jeg mye å gjøre.

Å EIE

VERB	PRONOMEN	SUBSTANTIV, GENITIV
Jeg **har** bil.	Det er **bilen min.** Det er **min bil.**	
Du **har** bil.	Det er **bilen din.** Det er **din bil.**	
Han **har** bil.	Det er **bilen hans.** Det er **hans bil.**	Det er **bilen til Tor.** Det er **Tors bil.**
Hun **har** bil.	Det er **bilen hennes.** Det er **hennes bil.**	Det er **bilen til Liv.** Det er **Livs bil.**
Vi **har** bil.	Det er **bilen vår.** Det er **vår bil.**	
Dere **har** bil.	Det er **bilen deres.** Det er **deres bil.**	
De **har** bil.	Det er **bilen deres.** Det er **deres bil.**	Det er **bilen til Tor og Liv.** Det er **Tor og Livs bil.**

MIN – DIN

bilen **min** **min** bil	hytta **mi** **mi** hytte	huset **mitt** **mitt** hus	bilene, hyttene og husene **mine** **mine** biler, hytter og hus
bilen **din** **din** bil	hytta **di** **di** hytte	huset **ditt** **ditt** hus	bilene, hyttene og husene **dine** **dine** biler, hytter og hus

– Er dette **bilen din?**
– Nei, **min bil** er gammel.

– Er dette **hytta di?**
– Nei, **mi hytte** er rød.

– Er dette **huset ditt?**
– Nei, **mitt hus** er der borte.

JA eller **JO**

– Skal du se på TV?	– Ja. – Nei.	– Skal du **ikke** se på TV?	**– Jo.** – Nei.
– Liker du norsk TV?	– Ja. – Nei.	– Liker du **ikke** norsk TV?	**– Jo.** – Nei.

- Skal du se på TV?
- Hva er det på TV i kveld?
- Er det noe bra/noe morsomt på TV i dag?
- Er det ikke noen film?
- Tror du filmen er bra?
- Når begynner programmet?
- Får du inn svensk TV?

10 A

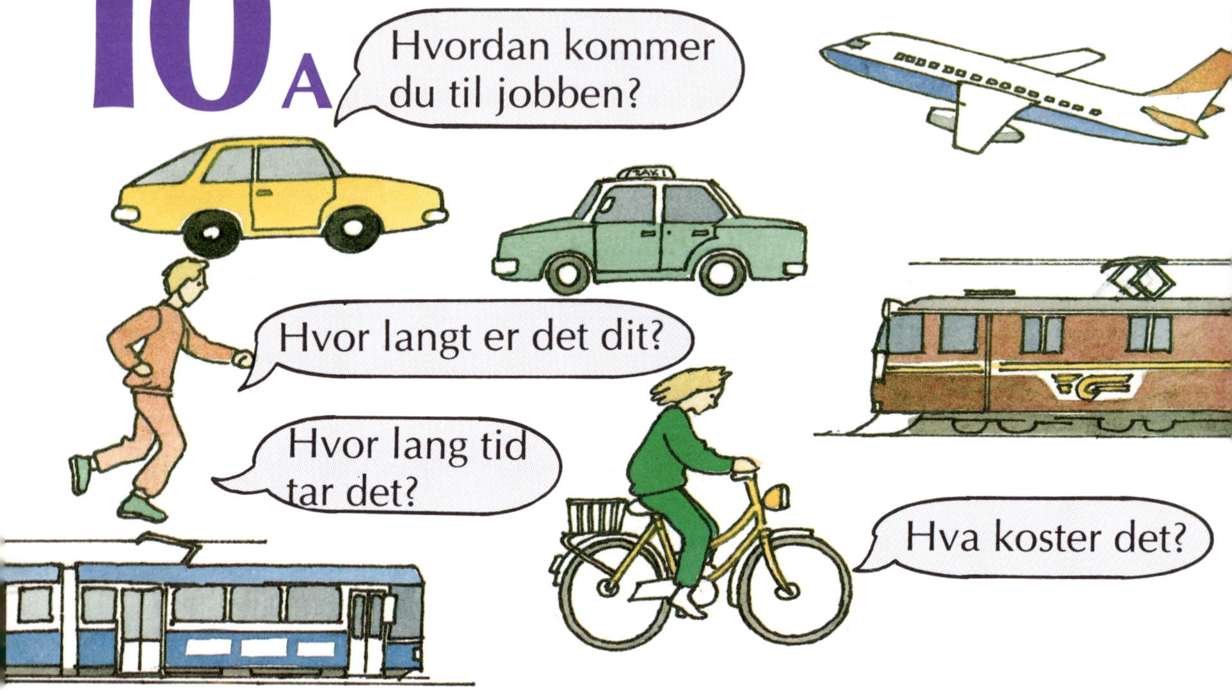

	Hvordan?	Hvor langt?	Hvor lang tid?	Hva koster det?
Betty skal til butikken	sykler	3 km	15 min	gratis
Carlo skal til fabrikken	tar bussen	2 mil	40 min	kr 33,–
Hassan skal til verkstedet	kjører bil	7 km	10 min	kr 15–
Indira skal til sykehuset	går	1 km	12 min	gratis
Tor skal til skolen	tar bussen	3 km	10 min	kr 11,–
Per skal til skolen	løper	1 km	5 min	gratis

B Hva gjør du i fritiden?

C Tor og Betty

Tor: Hvordan går det, Betty?
Betty: Takk, bare bra. Og med deg?
Tor: Takk, fint. Er du på vei til jobben?
Betty: Nei, jeg skal ikke til butikken i dag. Jeg har fri.
Tor: Arbeider du i en kolonialbutikk?
Betty: «Kolonial» – hva betyr det? Jeg forstår ikke det.
Tor: Matbutikk.
Betty: Nei, jeg arbeider i en blomsterbutikk.
Tor: Jaså, gjør du det?
Da vil jeg gjerne komme og kjøpe blomster av deg.
Hvor ligger butikken, forresten?
Betty: I Strandgata. Du er velkommen!
Tor: Takk. Det er langt fra Bokveien til Strandgata.
Hvordan kommer du dit?
Betty: Jeg synes ikke det er langt. Jeg pleier å sykle.
Tor: Jeg sykler også, men bare i fritiden.
Jeg tar bussen til skolen. Hva gjør du i fritiden?
Betty: Det er forskjellig. Jeg leser og syr og ser på TV.
Jeg er glad i å danse også.
I kveld skal jeg forresten til Hassan og Sara.
Indira og Carlo kommer også, tror jeg.
Tor: Jeg tror du trives i Norge!
Betty: Ja, det gjør jeg. Men jeg skal reise tilbake til USA neste år.
Da skal jeg fortelle min bestefar om Norge.
Han er norsk-amerikaner, forstår du.

D Tor og Carlo

Tor: Arbeider du på fabrikk?
Carlo: Ja, det gjør jeg. Jeg arbeider på en fabrikk i Storvik.
Vi lager møbler: bord og stoler. Og bokhyller også, forresten.
Tor: Det er langt til Storvik. Hvordan kommer du dit?
Carlo: Jeg tar bussen. Men jeg skal kjøpe bil snart.
Akkurat nå har jeg ikke råd, men snart . . .
Tor: Har du lang arbeidstid?
Carlo: Ja, jeg arbeider fra halv åtte til halv fire.
Tor: Og lønnen, er den god?
Carlo: Ikke så verst. Jeg tjener 12 000 kroner i måneden.
Tor: Er du med i fagforeningen?
Carlo: Nei, det er jeg ikke, men jeg skal bli medlem.
Tor: Trives du?
Carlo: Ja, ganske bra, men av og til lengter jeg hjem til Italia.
Men ikke i dag . . . I kveld skal jeg på fest.

E Tor og Maria

Tor: Hvor arbeider du, Maria?
Maria: Jeg arbeider hjemme. Jeg er husmor.
Tor: Du er fra Argentina, men du er gift med en nordmann, ikke sant?
Maria: Jo, det stemmer.
Tor: Hvor lenge har du vært i Norge?
Maria: I to år.
Tor: Har dere barn?
Maria: Ja, det har vi. To jenter. Anne er 7 år, og Carmen er 10 måneder.
Tor: Hva gjør du om dagen?
Maria: Jeg steller Carmen, lager mat, vasker opp, rydder og støvsuger . . .
Og så arbeider jeg med norskleksen.
Nå snakker jeg alltid norsk med Knut, mannen min.
Tor: Ja, jeg forstår at du snakker norsk hjemme.
Du har så god uttale!
Maria: Takk!
Tor: Liker du å være hjemme?
Maria: Ja, jeg liker å være sammen med Anne og Carmen.
Og så liker jeg å lage mat.
Men jeg liker ikke å vaske og rydde og støvsuge . . .
Samme arbeid hver dag.
Jeg vil tjene penger.
Jeg vil kjøpe oppvaskmaskin, mikrobølgeovn og video.

Uttale

f + konsonant

fredag
fransk
fjernsyn [*fjærnsyn*]
flott [*flåt*]

g + konsonant

grei
grønn
glad [*gla*]
glass

k + konsonant

krone
klær
klokke [*klåke*]
kveld [*kvel*]

p + konsonant

pris
prøve
program
pleie

s + konsonant

snakke
slutte
spørre
stue

t + konsonant

tre
tro
trist
trives

b + konsonant

bra
brev
bli
blomst [*blåmst*]

GRAMMATIKK

SPØRSMÅL OG SVAR

– **Er** du fra Ås?

– Ja.	– Nei.
– Ja, jeg **er** fra Ås.	– Nei, jeg **er** ikke fra Ås.
– Ja, det **er** jeg.	– Nei, det **er** jeg ikke.

– **Bor** du i Oslo?

– Ja.	– Nei.
– Ja, jeg **bor** i Oslo.	– Nei, jeg **bor** i Bergen.
– Ja, det **gjør** jeg.	– Nei, det **gjør** jeg ikke.

<table>
<tr><td>Ja,</td><td rowspan="2">det</td><td rowspan="2">er
har
kan
skal
vil
må</td><td rowspan="2">jeg
du
han
hun
den
det
vi
dere
de</td><td></td></tr>
<tr><td>Nei,</td><td>ikke</td></tr>
</table>

– **Er** du fra Oslo?	– Ja, det **er** jeg. – Nei, det **er** jeg ikke.
– **Har** du sykkel?	– Ja, det **har** jeg. – Nei, det **har** jeg ikke.
– **Kan** du kjøre bil?	– Ja, det **kan** jeg. – Nei, det **kan** jeg ikke.
– **Skal** Betty ta bussen?	– Ja, det **skal** hun. – Nei, det **skal** hun ikke.

<table>
<tr><td>Ja,</td><td rowspan="2">det</td><td rowspan="2">gjør</td><td rowspan="2">jeg
du
han
hun
den
det
vi
dere
de</td><td></td></tr>
<tr><td>Nei,</td><td>ikke</td></tr>
</table>

– **Bor** du i Nordby?	– Ja, det **gjør** jeg. – Nei, det **gjør** jeg ikke.
– **Løper** du til skolen?	– Ja, det **gjør** jeg. – Nei, det **gjør** jeg ikke.
– **Kjører** de bil til jobben?	– Ja, det **gjør** de. – Nei, det **gjør** de ikke.

HVOR SKAL DU?	=	**HVOR SKAL DU GÅ/REISE?**
– **Skal** du til Oslo?	=	**Skal** du **reise** til Oslo?
– Jeg **skal** til butikken.	=	Jeg **skal gå** til butikken.
– Jeg **skal** til Hassan i kveld.	=	Jeg **skal gå** til Hassan i kveld.

Spørsmål om arbeidet ditt/skolen din

- Hvor arbeider du?/Hvor studerer du?
- Hvor ligger ...?
- Hvordan kommer du til ...?
- Hvor langt er det til ...?
- Hvor lang tid tar det å gå/kjøre/reise til ...?
- Hva koster det å ta bussen/trikken/toget?
- Trives du på jobben/på skolen?
- Og hva gjør du i fritiden?

2

4

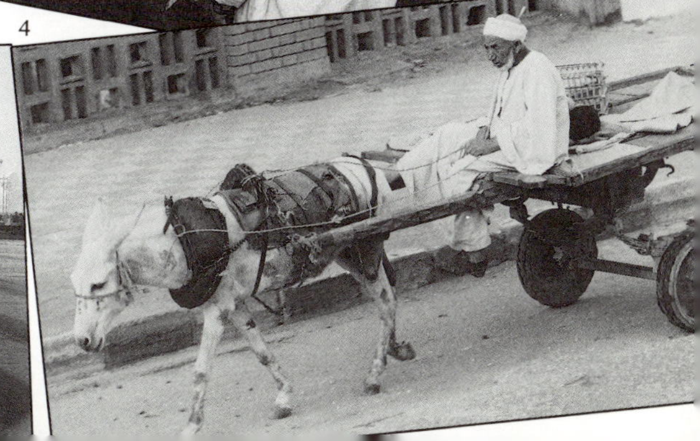

11A Er du interessert i sport?

B

Hvor har du vært?

Hva har du gjort?

Hvem har du snakket med?

Hvilken bok har du lånt?

Har du hatt en fin dag?

På biblioteket.

Jeg har lånt ei bok.

Jeg har snakket med Carlo.

Jeg har hatt mye å gjøre i dag.

1
NORDBY BIBLIOTEK
2
BARNEBØKER
OLE
3
OLE ALEKSANDER
4
5
MUSIKKAVDELINGEN
6
NORDBY BIBLIOTEK

C Utenfor biblioteket

Maria har vært på biblioteket og lånt ei bok.
Utenfor biblioteket treffer hun Carlo.

Carlo: Hei Maria, hyggelig å se deg! Hvordan går det?
Maria: Bare bra. Og med deg?
Carlo: Jeg er litt forkjølet. Ellers er det bra.
Er du også på vei til norsk-kurset?
Maria: Nei, jeg kan ikke komme i kveld. Vi skal ha besøk, skjønner du.
Carlo: Jaså. Vil du at jeg skal gi beskjed til Tor?
Maria: Ja takk! Jeg er på vei hjem.
Jeg har vært på biblioteket og lånt ei bok.
Carlo: Jeg har aldri vært på biblioteket. Koster det noe å låne bøker?
Maria: Nei, det er gratis, men du må ha lånekort. Det er lett å få.
Du kan snakke med damen på biblioteket.
Carlo: Har de aviser også?
Maria: Ja, de har både norske og utenlandske aviser.
Knut går ofte dit og leser Oslo-aviser.
Carlo: Klarer du å lese norske bøker?
Maria: Jeg har ikke lest noen norsk roman ennå,
men jeg leser barnebøker sammen med Anne.
Carlo: Hvilke bøker har du lånt i dag?
Maria: Bare ei barnebok. Jeg pleier å lese høyt for Anne.
Jeg har lært mye norsk på den måten.
Carlo: En kan også høre musikk på biblioteket, ikke sant?
Maria: Jo, det har jeg gjort noen ganger.
Musikkrommet er i annen etasje.
Carlo: Dit har jeg lyst til å gå.
Jeg har platespiller, men jeg har ikke råd til
å kjøpe nye plater. Jeg sparer til bil, skjønner du.

D Utenfor svømmehallen

Betty pleier å gå i svømmehallen hver fredag. Hun liker å svømme.
I dag har hun svømt 800 meter.
Utenfor svømmehallen treffer hun Hassan.

Hassan: Hei Betty! Du er våt i håret. Har du badet?
Betty: Ja, jeg kommer akkurat fra svømmehallen.
Å svømme er bra trening!
Hassan: Kommer du ofte hit for å svømme?
Betty: Ja, hver fredag etter jobben. Pleier ikke du å svømme?
Hassan: Bare om sommeren.
Men jeg har tenkt å begynne med en eller annen sport, helst fotball.
Jeg har spilt mye fotball i Iran.
Betty: Du kan vel begynne i en idrettsklubb.
Hassan: Ja, jeg har tenkt på det.
Betty: Snakker de ikke om sport på jobben din?
Hassan: Jo, selvfølgelig.
Betty: Har de ikke snakket om en idrettsklubb?
Hassan: Nei.
Betty: Da må du spørre selv!

Uttale

Du skriver **rs**.
Du sier **rs** eller **rs**.

kurs
norsk
tørst
Vær så god.
Han er så snill.
Tors kone har for stor lue.

Du skriver **rt**.
Du sier **rt** eller **rt**.

kort
bort
skjørt
skjorte
Har Tor bil?
Han sover til klokka ni.

Du skriver **rn**.
Du sier **rn** eller **rn**.

barn
morn
gjerne
Erna har ni barn.

Du skriver **rd**.
Du sier **rd** eller **rd**.

lørdag
ferdig
en stor dag
Jeg har din bil.

Du skriver **rl**.
Du sier **rl** eller **rl**.

dårlig
kjærlighet
Hvor langt er det?
Hvor lenge er Lise her?

GRAMMATIKK

VERBETS TIDER

Fortid ← **Nå** → **Framtid**

Hun **har spist** frokost.

Hun **spiser** et eple nå.

Hun **skal spise** middag klokka fem.

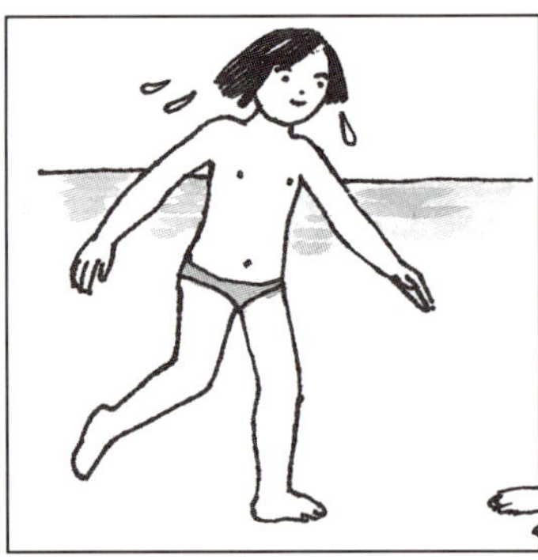

Anne **har badet.**

Maria **bader** ikke nå.

Hun **skal bade** etter maten.

Han **har vært** i Oslo.

Han **er** hjemme nå.

Han **skal være** hjemme i morgen også./
Han **er** hjemme **i morgen** også.

	VERBETS FORMER		
	Infinitiv	**Presens**	**Perfektum**
Verb-gruppe 1	å lese å låne å lære å høre å svømme å tenke å spille	leser låner lærer hører svømmer tenker spiller	har lest har lånt har lært har hørt har svømt har tenkt har spilt
Verb-gruppe 2	å snakke å bade	snakker bader	har snakket har badet
Uregel-messige verb	å være å ha å gjøre	er har gjør	har vært har hatt har gjort

OM SOMMEREN

Om sommeren spiller jeg fotball.
Om høsten leser jeg mye.
Om vinteren går jeg på ski.
Om våren spiller jeg tennis.

HVER SOMMER

Hver sommer spiller jeg fotball.
Hver høst leser jeg mye.
Hver vinter går jeg på ski.
Hver vår spiller jeg tennis.

– Hyggelig å se deg!	– Takk, i like måte.
– Hvordan går det?	– Takk, det går fint. Og med deg? – Takk, bare bra. – Bra. – Ikke så bra. – Det går dårlig.
– Hvordan har du det?	– Takk, jeg har det fint. Og du?
– Har du det bra?	– Ja, takk. – Nei, jeg er så forkjølet.

12 A

Var du i butikken i går?

Husket du å kjøpe melk?

Kjøpte du fisk?

Hva kjøpte du?

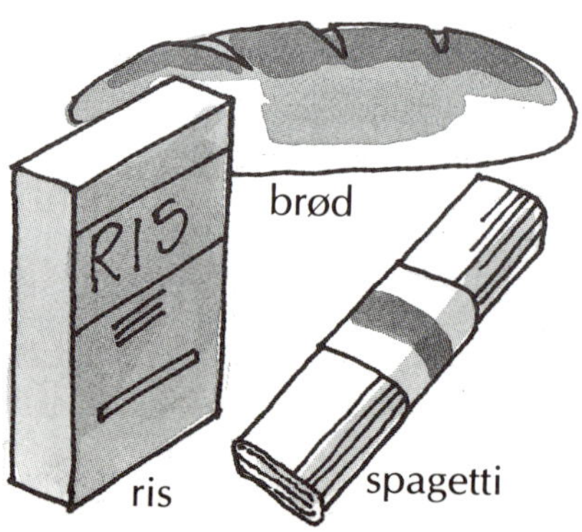

B

Skal du handle mat i dag?

Hvor vil du handle?

MATKROKEN

TILBUD

Tomater	kr 35,– pr. kg
Agurk	kr 14,– pr. stk.
Paprika	kr 41,– pr. kg
Kylling	kr 45,– pr. stk.
Fersk torsk	kr 31,– pr. kg
Epler	kr 22,– pr. kg
Druer	kr 35,– pr. kg

Vivo

!! UKENS TILBUD !!

Epler	kr 17,–/kg
Bananer	kr 14,–/kg
Tomater	kr 32,50/kg
Poteter 10 kg ...	kr 29,90
Salat	kr 16,–/stk.
Sukker	kr 11,50/kg
Fiskeboller	kr 28,–

Obs!

Epler ________	kr 20,– pr. kg
Appelsiner _____	kr 15,– pr. kg
Bananer ______	kr 12,– pr. kg
Agurk ________	kr 12,– pr. stk.
LOFF-TILBUD ______	8,–
Grovbrød ________	12,50
Te, 100 poser ______	32,–
Kaffe ____________	12,90
Torsk, 600 g, frossen ___	35,–

C I går var Hassan i butikken

Sara var syk i går.
Hun hostet og var forkjølet.

Etter arbeidet gikk Hassan til butikken for å kjøpe mat.

Først gikk han til fruktdisken.
De hadde bananer, appelsiner, epler og pærer, men de hadde ikke druer. Hassan kjøpte et kilo bananer.

Pærene var fine, men dyre.
Sara likte pærer, så Hassan kjøpte to. Eplene var billige, så han kjøpte en stor pose epler også.

5

Så gikk han til grønnsakdisken.
Paprikaene var små, så han tok tre.
Tomatene var ikke så fine,
så han tok salat og en agurk i stedet.

6

Hassan kjøpte ikke frossen fisk,
for det var tilbud på fersk torsk.
Han kjøpte tre store skiver.

7

Så skulle han ha melk.
Sara kjøpte iblant lettmelk og
iblant skummet melk. Hassan likte
best helmelk. Han tok
3 liter lettmelk og 2 liter helmelk.

8

Skulle han kjøpe grovt brød eller
hvitt brød?
Selv likte han hvitt brød best,
men Sara kjøpte alltid grovt brød.
Han tok ett grovbrød og én loff.

9

Ved kassen var det sjokolade, ukeblader og aviser.
Hassan tok **Donald Duck** til Ali og **Kvinner og klær** til Sara.

10

Han gikk til kassen for å betale.
Han fikk to bæreposer og puttet varene ned i posene.

11

Varene kostet kr 189,60.
Hassan var forbauset.
Ble det virkelig så mye?
Hadde han nok penger?

12

Han hadde to hundrelapper.
Han var lettet. Tenk at maten var så dyr!

GRAMMATIKK

ADJEKTIV

En-ord	Ei-ord	Et-ord

Her er en **liten** banan.	Her er ei **lita** pære. Her er en **liten** pære.	Her er et **lite** eple.
Bananen er **liten**.	Pæra er **lita**. Pæren er **liten**.	Eplet er **lite**.

Her er to **små** bananer, to **små** pærer og to **små** epler.
Bananene er **små**, pærene er **små** og eplene er også **små**.

VERBETS TIDER

Perfektum

– Hva har han gjort?
– Han har kjøpt mat.

Preteritum

– **Når** kjøpte han mat?
– Han kjøpte mat **klokka fire.**

VERBETS FORMER

	Infinitiv	Presens	Preteritum	Perfektum
1	å kjøpe	kjøper	kjøpte	har kjøpt
	å spise	spiser	spiste	har spist
	å like	liker	likte	har likt
2	å huske	husker	husket	har husket
	å handle	handler	handlet	har handlet
	å hoste	hoster	hostet	har hostet
	å koste	koster	kostet	har kostet
	å putte	putter	puttet	har puttet
	å gå	går	gikk	har gått
	å ta	tar	tok	har tatt
	å få	får	fikk	har fått
	å være	er	var	har vært
	å ha	har	hadde	har hatt
	å skulle	skal	skulle	har skullet

13A

Hvilket yrke har du?

Hva gjør du?

Studerer du?

Hvor arbeider du?

1

Jeg er bilmekaniker og arbeider
på et verksted. Jeg har alltid
likt å jobbe med biler.

2

Jeg er fabrikkarbeider.
Vi lager møbler på fabrikken.

3

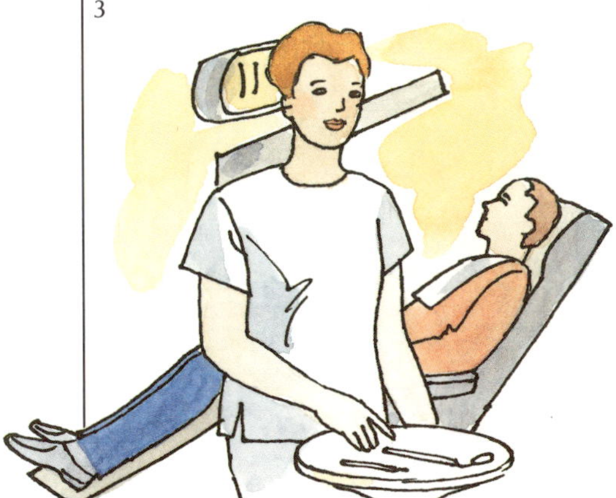

Jeg er tannlege. Det er et bra yrke,
men det er lang utdanning.

4

Jeg er bonde. Jeg arbeider
på gården min.
Jeg liker å bo på landet.

5

Jeg er sykepleier. Det er mye å gjøre på sykehuset. Det er ikke nok senger til alle syke.

6

Jeg er prest og arbeider i kirken. Du er velkommen til kirken på søndag!

7

Jeg er student.
Jeg studerer matematikk.

8

Jeg er arbeidsledig.
Jeg går på et kurs nå.

B Indira arbeider på sykehus

Faren til Indira er fysioterapeut og arbeider på sykehuset i Nordby. Han har vært i Norge i fire år. For to år siden flyttet kona hans og de fire barna deres også til Norge.

Indira var 17 år da. Hun begynte på norsk skole og lærte norsk, men etter et år ville hun begynne å arbeide og tjene penger. Faren hennes sa at det var bra å arbeide på sykehus. «Du må snakke mye, og da lærer du norsk. Og du blir aldri arbeidsledig,» sa han.

Nå har Indira arbeidet som praktikant på sykehuset i ni måneder. Hun liker jobben, men det er et tungt arbeid, og hun er ofte trøtt etter arbeidsdagen. Hun har ikke samme arbeidstid hver dag. Noen dager begynner hun tidlig, andre dager jobber hun om ettermiddagen og om kvelden. Av og til må hun arbeide i helgene.

Indira arbeider på en avdeling for gamle mennesker. Noen ligger der et par uker, andre flere måneder. Indira synes det er hyggelig å arbeide med de gamle. De forteller om barn og barnebarn.

Noen av de gamle får nesten aldri besøk. Indira synes det er rart. Mange har både barn og barnebarn i byen.

C Hassan reparerer biler

Hassan er bilmekaniker. Han har arbeidet på «Nordby Auto» i elleve måneder nå. Verkstedet ligger i sentrum av Nordby.

Hassan lærte å reparere biler for mange år siden i Iran. Onkelen hans hadde et lite verksted, og der arbeidet Hassan hver dag etter skolen. Han likte jobben, men av politiske grunner flyktet han fra Iran.

Nå reparerer Hassan biler fra klokka halv åtte til fire fra mandag til fredag. Han har selv en Volvo, 83-modell. Den reparerer og vasker han hver lørdag. Da står Ali og ser på. Hassan prøver å lære Ali alt om biler.

Hassan har en drøm. Han håper at han en dag skal få så mange penger at han kan starte et eget verksted. Det trenger ikke å være så stort, men det skal være hans eget. Og det skal ligge hjemme i Iran.

GRAMMATIKK

VERBETS TIDER

Fortid ⟵ **Nå** ⟶ **Framtid**

Hun har kjøpt ei bok.

Hun kjøper mat nå.

Hun skal kjøpe ei lue i ettermiddag.

Hun kjøpte boka klokka halv to.

Når kjøpte hun boka?

Han har reparert en Toyota.

Han reparerer en Volvo nå.

Han skal reparere en Opel i morgen.

Han reparerte Toyotaen i går.

Når reparerte han Toyotaen?

Hun har vært i Oslo.

Hun er hjemme i dag.

Hun skal være hjemme i morgen også.

Hun var i Oslo på lørdag.

Når var hun i Oslo?

Når kom du?

PRETERITUM
ved bestemt tid

Jeg kom	da
	klokka 4
	for en time siden
	i går
	på fredag
	for to uker siden
	for to år siden

– **Har** du **flyttet**?
– Ja.
– Når **flyttet** du?
– Jeg **flyttet** for en uke siden.

– **Har** du **kjøpt** mat?
– Ja.
– Når gjorde du det?
– Jeg **kjøpte** mat på hjemveien fra jobben.

– **Skal** du **begynne** å arbeide?
– Nei, jeg **har begynt**.
– Når gjorde du det?
– Jeg **begynte** (å arbeide) for to uker siden.

– **Har** du **sagt** til Eva at du skal kjøpe hus?
– Ja, det **har** jeg.
– Når gjorde du det?
– Jeg **sa** det på festen på lørdag.

Hvor lenge?	– Du bor i Norge nå. **Hvor lenge** har du vært her? – Jeg **har vært** her i en uke. i en måned. i et år.
Når?	– **Når** kom du til Norge? – Jeg **kom** til Norge for en måned siden. for fem år siden. i 1989.

VERBETS FORMER

Infinitiv	Presens	Preteritum	Perfektum
1 å lære	lærer	lærte	har lært
å begynne	begynner	begynte	har begynt
å reparere	reparerer	reparerte	har reparert
2 å arbeide	arbeider	arbeidet	har arbeidet
å jobbe	jobber	jobbet	har jobbet
å flytte	flytter	flyttet	har flyttet
å flykte	flykter	flyktet	har flyktet
å håpe	håper	håpet	har håpet
å starte	starter	startet	har startet
å si	sier	sa	har sagt
å se	ser	så	har sett
å stå	står	stod	har stått
å gjøre	gjør	gjorde	har gjort
å ville	vil	ville	har villet

14A En telefonsamtale

– Hallo!
– 10 85 67.
– Eriksen.
– Eli Eriksen.
– Eriksen, vær så god.

– Hei, det er Carlo.
– God dag.
Dette er Carlo Rossi.
– Er Betty hjemme?
– Kan jeg få snakke med Betty?
– Jeg vil gjerne snakke med Betty.

– Ja, et øyeblikk
– Et øyeblikk, så kommer hun.
– Ja, vent litt.
– Nei, hun er ikke hjemme.
– Hun er dessverre ikke hjemme.

B Lørdag morgen

Det er lørdag morgen. Carlo ligger i senga og tenker. Han tenker på alt han skal gjøre. Først skal han gå på biblioteket og høre på plater. Kanskje låne ei bok også.

Så må han betale husleien på postkontoret.

Han skal ringe til Kofi og spørre om de skal reise til Oslo sammen neste lørdag.

Så skal han kjøpe mat til helgen. Han skal kjøpe fisk, ris, grønnsaker og frukt. Han trenger ei ny skjorte også. Han skal se om han kan finne ei billig skjorte.

Klokka halv sju skal han treffe Betty utenfor Forum.
De skal gå på kino først og deretter på diskotek og danse.

Carlo plystrer . . . Livet er ikke verst!

C Søndag morgen

Det er søndag morgen. Carlo har ikke lyst til å stå opp. Han er trist. Han ligger og tenker på lørdagen. Hva hendte egentlig?

Han var på vei til biblioteket, men i sentrum traff han Hassan, og de begynte å snakke sammen. Hassan sa at han hadde en ny LP, og han ville at Carlo skulle bli med og høre på den. Og Carlo ble med. De hørte på platen, og deretter spiste Carlo lunsj hos Hassan, Sara og Ali. Så lånte han ei bok av Hassan. Boka het «Mordet i heisen». Han gikk hjem klokka tre. Da var postkontoret stengt, så han kunne ikke betale leien.
Men matbutikken var åpen, så han gikk dit og kjøpte mat.
Han kjøpte en pizza, tomater, agurk, salat, paprika og epler.

Han begynte å lese boka. Den var så spennende at han glemte å ringe til Kofi. Plutselig så han at klokka var kvart på sju! Han hadde en avtale klokka halv sju med Betty.

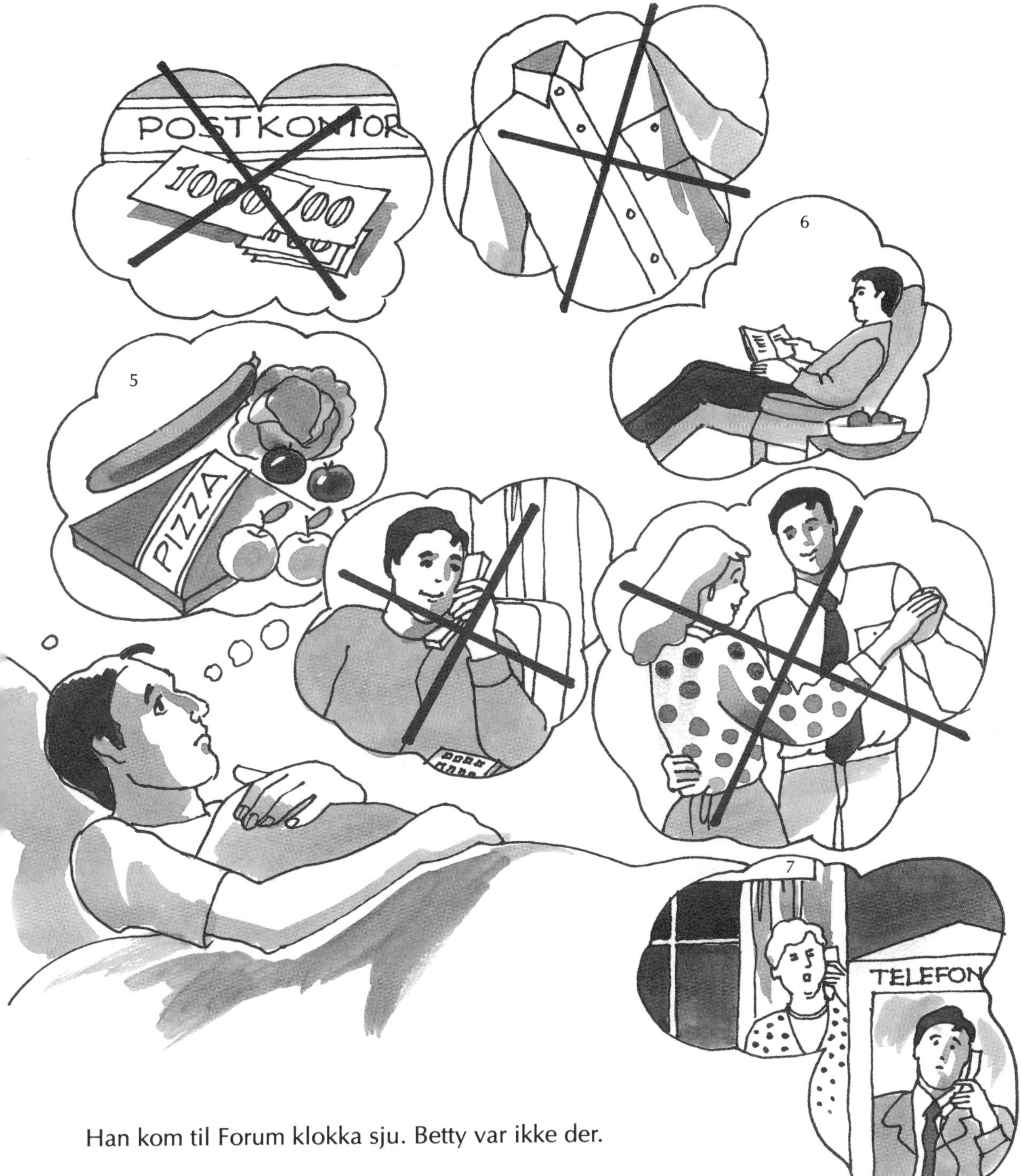

Han kom til Forum klokka sju. Betty var ikke der.

Han gikk til en telefonkiosk og ringte til Betty. Fru Eriksen svarte: «Nei, Betty er ikke hjemme. Hun gikk kvart over seks. Hun skulle treffe en gutt. Jeg tror at han het Carlo.»

GRAMMATIKK

VERBETS FORMER			
Infinitiv	**Presens**	**Preteritum**	**Perfektum**
1 å glemme	glemmer	glemte	har glemt
å ringe	ringer	ringte	har ringt
å svare	svarer	svarte	har svart
å hende	hender	hendte	har hendt
2 å plystre	plystrer	plystret	har plystret
å bli	blir	ble	har blitt
å hete	heter	het	har hett
å komme	kommer	kom	har kommet
å treffe	treffer	traff	har truffet
å kunne	kan	kunne	har kunnet
å skulle	skal	skulle	har skullet

Så – Så – Så – Så

1 Se, ser, **så**, har sett
Han **så** på klokka. Han **så** at den var kvart på sju.

2 **Så** = deretter
Først skal han gå til biblioteket. **Så** skal han betale husleien.
Så skal han kjøpe mat. **Så** skal han gå på kino.
Så skal han gå på diskotek.

3 **Så** = veldig
Maten er **så** dyr. Boka er **så** spennende. Carlo var **så** trist.

4 **Så** = derfor
Postkontoret var stengt, **så** han kunne ikke betale leien.
Matbutikken var åpen, **så** han gikk dit og kjøpte mat.
Betty var ikke der, **så** Carlo var veldig trist.

2

1

3

4

15A Hvor bor du?

Hvor bor du?
- Bor du i sentrum?
- Hva er adressen?

Hvordan bor du?
- Bor du i leilighet, eller har du hus?
- Har du bare et rom?
- Leier du et gammelt hus?

Hva betaler du i leie?
- Hvor høy er leien?
- Hva betaler du i måneden?
- Er leiligheten dyr?

Hvor stor er . . .?
- Hvor stor er leiligheten?
- Hvor mange kvadratmeter er den på?
- Hvor mange rom har du?
- Hvor stort er kjøkkenet?

Er leiligheten moderne?
- Er leiligheten møblert?
- Har du bad?
- Har du ikke dusj?

Leiligheten til familien Eriksen

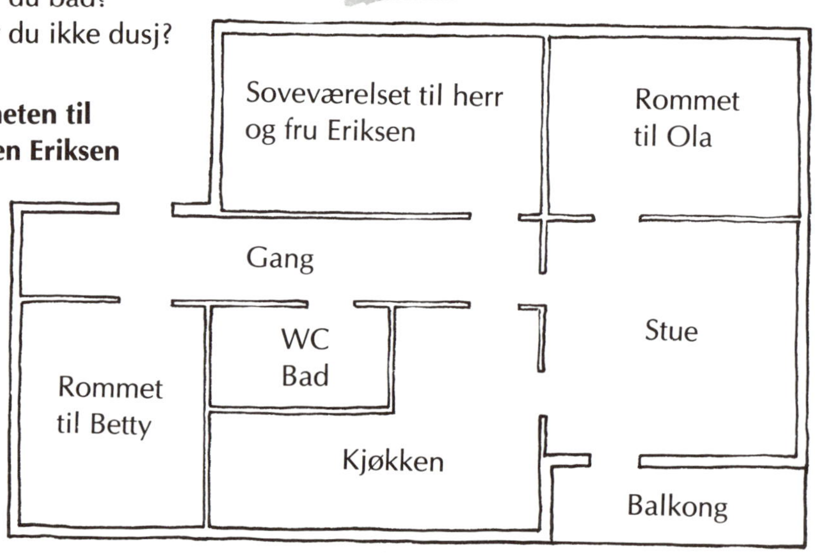

B

C Leilighet til leie

Familien Eriksen har en sønn. Han heter Ola og er 20 år.
«Ola er aldri hjemme,» pleier fru Eriksen å si til Betty.

Men en kveld var Ola hjemme og så på TV. Han var hjemme neste kveld også. Betty var på norsk-kurs tirsdag og torsdag.
Da var ikke Ola hjemme.
Men han stod i gata og ventet på Betty etter kurset.
Han inviterte Betty på kino fredag, men hun sa nei takk.
Hun tenkte på en annen gutt. Hun sa nei takk til Ola kveld etter kveld.
Til slutt ønsket hun å flytte. Hun leste en annonse i avisen:

D En telefonsamtale

Betty ringte:
- Andersen, vær så god.
- God dag. Dette er Betty Larson. Det gjelder en annonse om en ledig leilighet. Den står i avisen i dag.
- Ja, det stemmer. Vi har en liten leilighet til leie. Den er ledig fra første februar.
- Ja vel. Hvor stor er den?
- Bare 48 kvadratmeter. Har du lyst til å komme og se på den, kanskje?
- Ja takk, gjerne. Når kan jeg komme?
- La meg se . . . I ettermiddag klokka fire, kan du komme da?
- Ja, det passer bra. Hva er adressen?
- Bjørneveien 30, og navnet er Gudrun Andersen. Hva var ditt navn?
- Betty Larson. Jeg kommer klokka fire, da.
- Ja, det er greit. Velkommen!
- Adjø.
- Adjø.

E En mørk leilighet

Klokka fire i går var Betty i Bjørneveien og så på leiligheten til fru Andersen. Først så hun på kjøkkenet. Det var veldig mørkt. Så gikk hun inn i rommet. Det var også mørkt.

Rommet var møblert. Et bord og to lenestoler stod foran vinduet. Bordet var gammelt og stygt. Lenestolene var også gamle. Senga stod til høyre for vinduet. Den var kort. Et lite skrivebord og en stol stod til venstre for vinduet. På veggen over skrivebordet hang to bilder. En umoderne TV stod ved siden av skrivebordet.TV-en var brun, skrivebordet var brunt, stolen var brun, bordet var brunt, lenestolene var brune. Alt var brunt, nei, et gult teppe lå under bordet. Teppet var nytt og pent.

Betty gikk hjem til rommet i Bokveien. Det var ikke stort, men det var lyst og moderne – et nydelig rom. Hun ville ikke flytte!

Hun så Ola i gangen og sa:
– Hei Ola! Skal vi gå på kino?

GRAMMATIKK

PREPOSISJONER

Ballen ligger **på** bordet.

Ballen ligger **under** bordet.

Ballen ligger **bak** stolen.

Ballen ligger **foran** bordet.

Ballen ligger **til venstre for** bordet.

Ballen ligger **til høyre for** bordet.

Ballen ligger **ved siden av** bordet.

Ballen ligger **mellom** bordet og stolen.

Bildet henger **på** veggen **over** bordet.

VERBETS FORMER

	Infinitiv	Presens	Preteritum	Perfektum
1	å invitere	invit**er**	invit**te**	**har** invitert
2	å vente	vent**er**	vent**et**	**har** vent**et**
	å ønske	ønsk**er**	ønsk**et**	**har** ønsk**et**
	å passe	pass**er**	pass**et**	**har** pass**et**
3	å leie	lei**er**	lei**de**	**har** lei**d**
	å pleie	plei**er**	plei**de**	**har** plei**d**
4	å bo	bo**r**	bo**dde**	**har** bo**dd**
	å henge	heng**er**	hang	**har** heng**t**
	å ligge	ligg**er**	lå	**har** ligg**et**

Svare på en annonse

– Hallo.
– Andersen.
– Andersen, vær så god.

– God dag. Dette er . . .
– Jeg heter . . .
– Mitt navn er . . .

– Jeg ringer for å spørre om leiligheten.
– Jeg er interessert i . . .
– Jeg vil gjerne se på . . .
– Det gjelder . . .

– Er den stor/moderne/dyr?
– Hvor stor er den?
– Hvor mange rom er det?

– Hvor ligger huset?
– Hva er adressen?

– Er det lang vei til matbutikk?
– Hvor langt er det til buss?

16A Å ta bussen

Jeg skal til Nygata.
Kan jeg ta denne bussen da?

Hva koster det
til sentrum?

Hva koster et rabattkort?

Stopper denne bussen
ved skolen?

FRA BUSSTASJONEN TIL NYGATA

Mandag-Fredag:		06.00	06.30	07.00	07.15	07.30	07.45
08.00	08.15	08.30	08.45	09.00	09.15	09.30	09.45
10.00	10.15	10.30	10.45	11.00	11.30	12.00	12.30
13.00	13.30	14.00	14.30	15.00	15.15	15.30	15.45
16.00	16.15	16.30	16.45	17.00	17.15	17.30	17.45
18.00	18.30	19.00	19.30	20.00	21.00	22.00	23.00
00.15							
Lørdag:	06.00	07.00	07.30	08.00	08.30	09.00	09.30
10.30	11.30	12.30	13.30	14.30	15.30	16.30	17.30
18.30	19.30	20.30	21.30	22.30	23.30	00.30	
Søndag:	07.30	09.00	10.30	11.00	13.00	15.00	17.30
19.00	20.00	21.00	22.30	23.00	24.00		

FRA NYGATA TIL SENTRUM

Mandag-Fredag:		06.20	06.35	06.50	07.05	07.20	07.35
07.50	08.05	08.20	08.35	08.50	09.05	09.20	09.35
09.50	10.20	10.50	11.20	11.50	12.20	12.50	13.20
13.50	14.20	14.50	15.20	15.35	15.50	16.05	16.20
16.35	16.50	17.05	17.20	17.35	17.50	18.05	18.35
19.05	19.35	20.05	20.35	21.35	22.35	23.35	
Lørdag:	06.10	07.10	07.40	08.10	08.40	09.10	09.40
10.40	11.40	12.40	13.40	14.40	15.40	16.40	17.40
18.40	19.40	20.40	21.40	22.40	23.40		
Søndag:	07.15	09.15	10.45	11.45	13.45	15.45	17.45
19.45	20.45	21.45	22.45	23.45			

Når går neste buss til sentrum?

Når går siste buss fra busstasjonen på lørdager?

Hvor ofte går det buss til sentrum?

B Å kjøpe togbillett

– Når går morgentoget til Bergen?
– Går det noe tog midt på dagen?
– Når er nattoget framme i Bergen?
– Er det restaurantvogn på toget?
– Trenger jeg plassbillett?
– Ikke-røyker, takk.

– Har du rabattkort?
– Har du legitimasjon?
– Røyker eller ikke-røyker?

TOGTIDER OSLO – BERGEN
7.21 – 13.58
10.20 – 18.05
15.30 – 22.15
22.50 – 07.20

TOGTIDER BERGEN – OSLO
7.30 – 14.05
10.10 – 17.31
15.15 – 22.11
22.45 – 07.00

C Hassan tar toget til Oslo

7
RØYKING FORBUDT
Unnskyld, men det er min plass. Jeg har plassbillett.
8
RØYKING FORBUDT
Når er vi framme i Oslo?
Fem på halv tre.
9
RØYKING FORBUDT
Unnskyld, men dette er en kupé for ikke-røykere. Se der!
Unnskyld! Jeg skal gå inn i en annen kupé og røyke.
10
RØYKING FORBUDT
Bra, nå får vi bedre plass.

11
12
Unnskyld, jeg lånte avisen din!
Det er greit.
13
Unnskyld, men dette er **min** plass! Jeg har plassbillett.
14
Unnskyld!
15
Oslo neste!
16
RØYKING FORBUDT
Er vi allerede framme?
Ja, tiden går fort når en har hyggelige reisekamerater!

GRAMMATIKK

PRONOMEN

denne bussen	**denne** drosja **denne** drosjen	**dette** toget	**disse** bussene **disse** drosjene **disse** togene

eller

den bussen	**den** drosja **den** drosjen	**det** toget	**de** bussene **de** drosjene **de** togene

NÅR? – HVOR OFTE?

– **Når** går toget?

– Det går **om** fem minutter.
om et kvarter.
om to timer.

– **Hvor ofte** går bussen til sentrum?

– Hvert kvarter.
– Hver halvtime.
– En gang i timen.
– Annenhver time.

- Kan jeg hjelpe Dem?
- Skal jeg hjelpe deg?
- Trenger du hjelp?

- Å, tusen takk!
- Mange takk.
- Nei takk, veska er ikke så tung.

- Unnskyld, men dette er min plass!

- Å, unnskyld meg!

- Unnskyld, men dette er en kupé for ikke-røykere!

- Unnskyld, jeg så ikke skiltet.

17 A For en herlig dag!

B En tur til Nordvannet

1

Tor våknet tidlig.
Det var lørdag, og det var fint vær.
Han spurte Liv om hun hadde lyst
til å dra ut og bade.

2

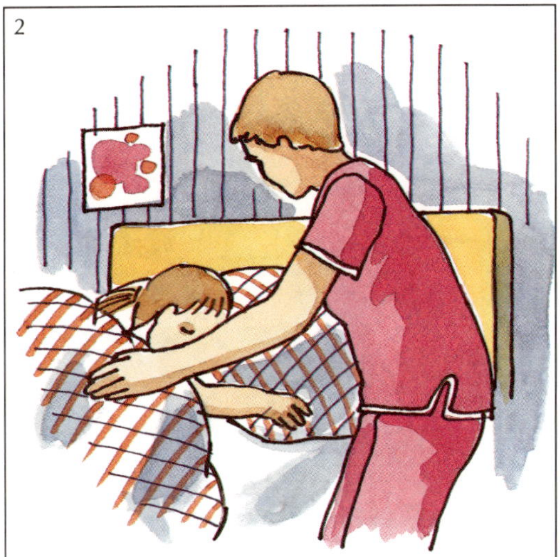

Liv syntes at det var en god idé.
Hun vekket Per og Kari og sa
at de skulle dra til Nordvannet
og bade.

3

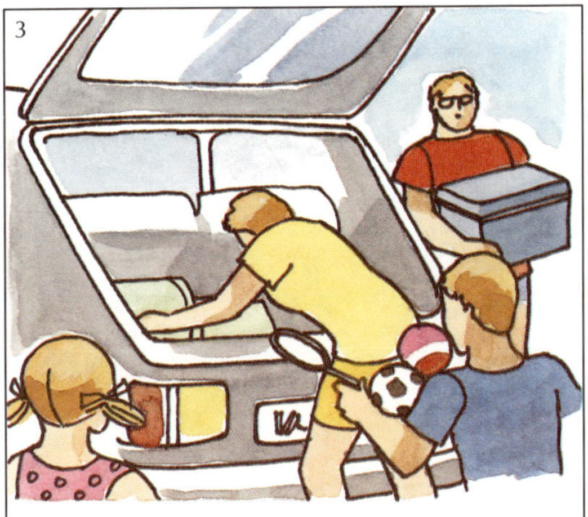

De pakket badetøy og mat i bilen.
Tor spurte om Per måtte ha med
både badeball, fotball, badminton
og en pose med blader.
Per svarte ikke. Tor startet bilen
og kjørte.

4

De stoppet ved en kiosk og kjøpte
to flasker brus, én til Per og én
til Kari. Liv og Tor hadde kaffe
på termos.

5

De kom til Nordvannet klokka ni.
Det var ikke mye folk ute så tidlig
på morgenen.

6

Per og Kari gikk ut i vannet.
Per syntes at det var veldig kaldt.
Han hadde ikke lyst til å bade, sa han.
Men Kari badet.

7

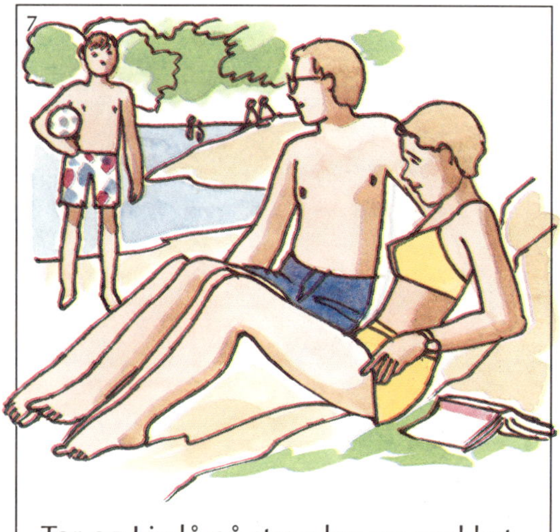

Tor og Liv lå på stranden og snakket sammen. Etter en stund kom Per og spurte om de ikke kunne spille fotball. Tor ville ikke. Han var trøtt, sa han.

8

Per overtalte mora til å spille badminton.
«Du trenger å trene,» sa han,
«du begynner å bli tykk!»

9

Tor syntes det var fint å sitte i sola
og se på Liv og barna.
Det var varmt, og han slappet av.

10

Men snart kom Kari og ville ha brus.
Hun fikk ei flaske, men tenk, de
hadde glemt flaskeåpneren hjemme.

11

De lånte en flaskeåpner av ei jente
på stranden. Nå var alle sultne,
og de spiste brødskiver og drakk
kaffe og brus.

12

Etter maten drog de hjem.
Alle var solbrente og trøtte, og Tor
hadde vondt på nesen. «Den er rød
som en tomat,» sa Per.

GRAMMATIKK

INDIREKTE TALE

spør om – sier at – synes at – svarer at

	+	1	2	
Tor spør	om	Liv	har	lyst til å bade.
Hun synes	at	det	er	en god idé.
Per spør	om	de	kan	spille fotball.
Tor svarer	at	han	er	trøtt.
Kari spør	om	hun	kan	få låne en flaskeåpner.
Jenta sier	at	det	er	greit.

HVA ER DET MOTSATTE?

god – dårlig
deilig – dårlig
morsom – kjedelig
gøy – kjedelig
hyggelig – kjedelig
nydelig – stygg
fin – stygg
glad – sur, trist
grei – dum
våken – trøtt
varm – kald
kjempevarm – kjempekald
tykk – tynn
tidlig – sen

Positivt

- For en nydelig dag!
- For en rød tomat!
- For ei glad jente!
- For et deilig liv!
- For et vær!
- For noen greie barn!
- Å!

Negativt

- For en kjedelig dag!
- For en rød nese!
- For ei sur jente!
- For et trist liv!
- For et vær!
- For noen sure unger!
- Uff!

- Skal vi dra ut og bade?
- Har du lyst til å dra ut og bade?
- Vil du bli med og bade?
- Kan vi ikke dra ut og bade?

- Ja, gjerne.
- Ja, det var en god idé!
- Ja, det vil jeg gjerne.
- Jo, gjerne.

- Nei, jeg har ikke tid.
- Nei, ikke i dag.
- Nei, jeg er trøtt.
- Nei, jeg har ikke lyst.

18 A

Hvor finner du disse skiltene?

B Gratulerer med ny bil!

HVA BETYR SKILTENE?

Gå over gata her!
Kjør forsiktig!

Sving til høyre her!

Kjør rett fram!

Stopp her!

Du kan parkere her!

Ikke kjør forbi!

Ikke sving til venstre!

Ikke kjør over 50 km/time!

Ikke stopp her!

Parkering forbudt.

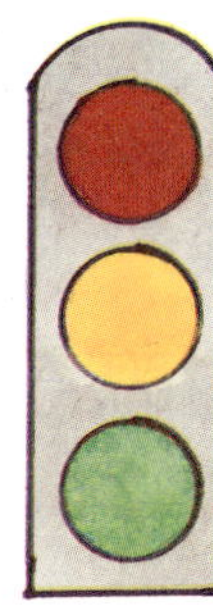

Rødt lys: **Stopp!**

Gult lys: **Vent!**

Grønt lys: **Kjør!**

C Carlo kjøper bil

– I mange uker har jeg nå sett på bruktbiler. Jeg har sammenliknet forskjellige merker, og jeg har prøvekjørt omtrent femten biler. På fabrikken har vi snakket om biler hver dag. I går kjøpte jeg en Toyota. Den er ikke ny – det har jeg ikke råd til. Den kostet 58 000 kroner. Jeg kjøpte den på avbetaling. Jeg pleier ellers alltid å kjøpe kontant. Bilen er i god stand. Den er fire år gammel, men den ser nesten ny ut.

Om kvelden drog jeg til Betty. Vi kjørte en tur og satt i bilen og snakket sammen etterpå. Jeg spurte om hun ville bli med på biltur på lørdag.
– Ja, gjerne, svarte hun. Så spurte hun:
– Jeg får vel kjøre bilen på lørdag? Du kjører jo til arbeidet hver dag.

Jeg liker å kjøre selv, men jeg svarte likevel:
– Selvfølgelig får du kjøre.

Betty var glad i meg den kvelden, tror jeg. Eller var det kanskje bilen?

D Ikke mas sånn!

Det er lørdag og Carlo og Betty er ute og kjører.

Carlo: Ikke kjør så fort! Det er 60 kilometer her.
Betty: Men det er ingen trafikk her ute på landet! Er du redd?
Carlo: Nei, men jeg synes at du skal kjøre forsiktig.
Veien er fryktelig smal. – Se der! To gutter med en ball.
Betty: Ja, jeg ser dem. Jeg kjører bare i 50.
– Sett på radioen, er du snill!
Carlo: Hør så fin musikk! – Se hvordan du kjører!
Du kjører altfor fort.
Betty: Ikke mas sånn! Jeg kjører forsiktig.
Carlo: Du har kjørt i to timer. Nå har jeg lyst til å kjøre.
Betty: Har jeg virkelig kjørt så lenge?

E Du hindrer trafikken!

Betty: Ikke kjør så sakte! Du hindrer trafikken!
Se, nå er det tre biler bak oss.
Carlo: De kan kjøre forbi!
Betty: Nei, ikke når veien er så smal.
Carlo: Betty, du har ikke bilbeltet på. Ta det på, er du snill!
Betty: Ja, jeg tar det på, ser du vel. Ikke kjør midt i veien!
De andre bilene kan ikke komme forbi.
Carlo: Ikke mas sånn! Jeg kjører bra.
Jeg er sikker på at jeg kjører bedre enn de fleste.
Betty: Jeg har lest at 80 prosent av nordmenn med førerkort
tror at de kjører bedre enn andre!

GRAMMATIKK

PRONOMEN

Subjekt		Objekt
jeg	Liker du	**meg?**
du	Jeg liker	**deg.**
han	Jeg liker	**ham/han.**
hun	Jeg liker	**henne.**
den	Jeg kjøper	**den.**
det	Jeg kjøper	**det.**
vi	Vil du treffe	**oss?**
dere	Jeg kan besøke	**dere.**
de	Jeg liker	**dem.**
De	Jeg skal besøke	**Dem.**

Han liker **henne.**
Liker hun **ham?**

VERB

Infinitiv	Imperativ
å sette på radioen	Sett på radioen!
å kjøre	Kjør!
å vente	Vent!
å stoppe	Stopp!
å se	Se!

- Sett på radioen!
- Kan du sette på radioen?
- Kan du ikke sette på radioen?
- Vær snill og sett på radioen!
- Sett på radioen, er du snill!
- Ikke sett på radioen!
- Ikke sett på radioen, er du snill!

Ikke mas!

1

2

3

4

5

19A Hvor har du vondt?

Hvordan går det?

Du ser dårlig ut!

Hvor har du vondt?

Gjør det vondt?

Du ser ikke frisk ut!

Er du syk?

Jeg har fryktelig tannpine!

Jeg har så veldig vondt i ei tann!

Jeg har så vondt!

Det gjør vondt.

Du må gå til tannlegen!

Stakkars deg!

Så synd at du er dårlig!

Vil du ha en tablett?

Kan jeg hjelpe deg?

God bedring!

Håper du blir frisk snart!

B Hassan har tannpine

Det er mandag den 6. oktober. Klokka er halv ni om morgenen, og Hassan holder på å reparere en bil.
Men det er vanskelig å arbeide, for han har veldig vondt i ei tann.
Han går inn på kontoret og spør om noen har en tablett.

Etter en stund kommer formannen ut.
– Hvordan går det, Hassan? Har du fortsatt vondt?
– Ja, jeg må nok bestille time hos en tannlege.
– Du kan ringe til tannlegen min, Inger Olsen. Hun er grei.
  Hun tar pasienter etter arbeidstid også!
  Du kan gå inn på kontoret og ringe til henne.
  Nummeret står på telefonlista på veggen.
– Takk skal du ha.

C Hassan bestiller time

Hassan finner nummeret til tannlegen og ringer.
– Tannlege Olsens kontor, vær så god.
– God dag. Mitt navn er Hassan Darani. Jeg har fryktelig tannpine.
  Kan jeg få time i dag? Helst etter klokka fire.
– Har du vært her før?
– Nei, det har jeg ikke. Sjefen min anbefalte tannlege Olsen.
– Tannlegen er svært opptatt i dag. Men jeg skal spørre henne.
  Et øyeblikk. – Kan du komme i ettermiddag klokka fem?
– Ja, det kan jeg.
– Hva var navnet?
– Hassan Darani.
– Vær så snill å stave etternavnet.
– D-A-R-A-N-I.
– Takk. Og adressen?
– Tunveien 10.
– Har du telefon?
– Ja, 33 87 59 på arbeidet, og hjemme 23 46 83.
– Når er du født?
– Den 7. august 1962.
– Ja, du kan komme klokka fem, da.
– Ja, takk for hjelpen. Morn'a.
– Morn'a.

D Hos tannlegen

Tannlege Olsens kontor ligger i tredje etasje.
Hassan tar heisen opp og går inn i venteværelset.
Han tar et ukeblad, men han leser ikke. Det gjør vondt i tanna.
Han må vente omtrent en halv time. Så kommer en assistent og sier:
– Hassan Darani, vær så god!

Hassan går inn til tannlegen.
– God dag!
– God dag! Du må unnskylde ventetiden. Vi har mye å gjøre i dag.

Tannlegen undersøker tanna og finner et stort hull.
Hun bedøver og plomberer tanna.

– Vær så god og skyll munnen. – Nå er jeg ferdig. Men du må komme tilbake. Du har et par hull til.
– Kan jeg få bestille time nå?
– Ja, det kan du. – La meg se . . . Den 17. oktober klokka fire, passer det?
– Ja takk. Adjø.
– Adjø.

	JANUAR				
Mandag		6	13	20	27
Tirsdag		7	14	21	28
Onsdag	1	8	15	22	29
Torsdag	2	9	16	23	30
Fredag	3	10	17	24	31
Lørdag	4	11	18	25	
Søndag	5	12	19	26	

	FEBRUAR				
Mandag		3	10	17	24
Tirsdag		4	11	18	25
Onsdag		5	12	19	26
Torsdag		6	13	20	27
Fredag		7	14	21	28
Lørdag	1	8	15	22	
Søndag	2	9	16	23	

	MARS					
Mandag		3	10	17	24	31
Tirsdag		4	11	18	25	
Onsdag		5	12	19	26	
Torsdag		6	13	20	27	
Fredag		7	14	21	28	
Lørdag	1	8	15	22	29	
Søndag	2	9	16	23	30	

	APRIL				
Mandag		7	14	21	28
Tirsdag	1	8	15	22	29
Onsdag	2	9	16	23	30
Torsdag	3	10	17	24	
Fredag	4	11	18	25	
Lørdag	5	12	19	26	
Søndag	6	13	20	27	

	MAI				
Mandag		5	12	19	26
Tirsdag		6	13	20	27
Onsdag		7	14	21	28
Torsdag	1	8	15	22	29
Fredag	2	9	16	23	30
Lørdag	3	10	17	24	31
Søndag	4	11	18	25	

	JUNI					
Mandag		2	9	16	23	30
Tirsdag		3	10	17	24	
Onsdag		4	11	18	25	
Torsdag		5	12	19	26	
Fredag		6	13	20	27	
Lørdag		7	14	21	28	
Søndag	1	8	15	22	29	

	JULI				
Mandag		7	14	21	28
Tirsdag	1	8	15	22	29
Onsdag	2	9	16	23	30
Torsdag	3	10	17	24	31
Fredag	4	11	18	25	
Lørdag	5	12	19	26	
Søndag	6	13	20	27	

	AUGUST				
Mandag		4	11	18	25
Tirsdag		5	12	19	26
Onsdag		6	13	20	27
Torsdag		7	14	21	28
Fredag	1	8	15	22	29
Lørdag	2	9	16	23	30
Søndag	3	10	17	24	31

	SEPTEMBER				
Mandag	1	8	15	22	29
Tirsdag	2	9	16	23	30
Onsdag	3	10	17	24	
Torsdag	4	11	18	25	
Fredag	5	12	19	26	
Lørdag	6	13	20	27	
Søndag	7	14	21	28	

	OKTOBER				
Mandag		6	13	20	27
Tirsdag		7	14	21	28
Onsdag	1	8	15	22	29
Torsdag	2	9	16	23	30
Fredag	3	10	17	24	31
Lørdag	4	11	18	25	
Søndag	5	12	19	26	

	NOVEMBER				
Mandag		3	10	17	24
Tirsdag		4	11	18	25
Onsdag		5	12	19	26
Torsdag		6	13	20	27
Fredag		7	14	21	28
Lørdag	1	8	15	22	29
Søndag	2	9	16	23	30

	DESEMBER				
Mandag	1	8	15	22	29
Tirsdag	2	9	16	23	30
Onsdag	3	10	17	24	31
Torsdag	4	11	18	25	
Fredag	5	12	19	26	
Lørdag	6	13	20	27	
Søndag	7	14	21	28	

Tannlegen Ny tid!

GRAMMATIKK

TALL

1. (den, det)	**første**
2.	**annen, andre**
3.	**tredje**
4.	**fjerde**
5.	**femte**
6.	**sjette**
7.	**sjuende (syvende)**
8.	**åttende**
9.	**niende**
10.	**tiende**
11.	**ellevte**
12.	**tolvte**
13.	**trettende**
14.	**fjortende**
20.	**tjuende (tyvende)**
21.	**tjueførste (enogtyvende)**
22.	**tjueandre (toogtyvende)**
30.	**trettiende (tredevte)**
40.	**førtiende**
50.	**femtiende**
60.	**sekstiende**
100.	**hundrede**
1000.	**tusende**

Hos tannlegen:

Tyskeren sier: Gjør det sterkt.
Franskmannen sier: Gjør det pent.
Amerikaneren sier: Gjør det fort.
Skotten sier: Gjør det billig.
Nordmannen sier: Gjør det vondt?

INN – INNE

Hvor går han?	Hvor er han?
Han går inn. 	Han er inne. 
Han går ut. 	Han er ute. 
Han går opp. 	Han er oppe. 
Han går ned. 	Han er nede. 

inn	inne
ut	ute
opp	oppe
ned	nede
hit	her
dit	der
hjem	hjemme

20 A Noen venter på ditt brev. . .

Kjære	Eva!
Hei	venn!
	mor!
	bestefar!

Takk for	brevet ditt.
	kortet ditt.

Nå er jeg	i Nord-Norge	på ferie.
	i Bergen	
	i Sverige	

Jeg kom hit	med tog.
	med bil.
	med båt.
	med fly.

Reisen var	morsom.
	hyggelig.
	spennende.
	kjedelig.

På reisen traff jeg	ei kjekk jente.
	en grei gutt.
	en venn fra hjemlandet mitt.
	en kjent politiker.

Vi snakket om	været.
	livet.
	kjærlighet.
	politikk.

Jeg bor	på hotell.
	i telt.
	i ei hytte.
	hos en venn.
	hos ei venninne.

Været er	nydelig.
	fint.
	dårlig.
	varmt.
	kaldt.

I går var jeg ute og	kjøpte klær.
	badet.
	danset.
	spiste god mat.

Jeg har det	fint.
	ikke bra.
	OK.
	ikke så verst.

Jeg reiser hjem	på mandag.
	når jeg har brukt opp pengene.
	når norsk-kurset begynner.
	når du vil at jeg skal komme.
	når du kommer og henter meg.

Vennlig hilsen	
Hilsen	
Ha det bra	
Klem fra	
Kyss fra	

B

Kjære Bestefar! Nordby, den 2. november 199_

Her kommer en hilsen fra Norge. Først vil jeg takke for brevet ditt. Jeg ble veldig glad da jeg leste at du kommer hit og besøker meg.

Jeg trives fortsatt bra. Nå forstår jeg nesten alt når folk snakker norsk. Da jeg skrev sist, fortalte jeg at det var vanskelig å forstå nyhetene på radioen. Nå går det bra. Når du kommer hit, skal vi snakke norsk sammen.

Jeg var i selskap i går.
Eieren av blomsterbutikken, Hanne Sætre, fylte 60 år. Det var en fin fest, kan du tro! Mye mer formelt enn hjemme hos oss i USA!
Det var bordplassering, og jeg satt mellom broren til Hanne og nevøen hennes.
Hannes bror er bonde, og vi snakket om norsk jordbruk og om USA.
Nevøen sa ikke så mye. Han svarte bare ja eller nei når jeg spurte om noe.

Maten var god, laks og jordbær med krem.
Det var mange taler ved bordet. Først hilste Hannes mann alle velkommen.
Deretter var det flere lange taler. Maten ble kald mens de snakket.

På festen spiste jeg med kniv og gaffel slik som de gjør her i Europa. Jeg er ofte usikker på hva jeg skal gjøre når amerikanske og norske tradisjoner er forskjellige.

Du spør om jeg ikke er forelsket i en nordmann. Svaret er nei. Jeg er mer sammen med utlendinger her enn med nordmenn …

Hils mor og far og si at jeg skriver snart.

Klem fra Betty!

GRAMMATIKK

NÅR – DA

En gang, fortid	Jeg ble glad **da** jeg leste brevet ditt. **Da** jeg skrev sist, fortalte jeg at det var vanskelig å forstå nyhetene.
Framtid	Vi skal snakke norsk **når** du kommer hit. **Når** jeg får tid, skriver jeg.
Generelt	Jeg forstår **når** folk snakker norsk. **Når** norske og amerikanske tradisjoner er forskjellige, blir jeg usikker.

TID

1	2	3	
Da	ble	jeg	glad.
I går	ble	jeg	glad.
For en uke siden	ble	jeg	glad.
Da jeg fikk brevet,	ble	jeg	glad.

1	2	
Jeg	skriver	**snart.**
Jeg	skriver	**i ettermiddag.**
Jeg	skriver	**om en uke.**
Jeg	skriver	**når jeg får tid.**

glad
i godt humør

fornøyd
blid

trist
lei seg

sur
i dårlig humør
sint

Hei Tor!
Her kommer en hilsen
fra Tromsø. Her er det sol
både dag og natt.
Jeg har ikke tid til å sove.
En super ferie!
Hilsen fra Carlo.

Tor Pedersen
Storgata 2
2700 Nordby

KJÆRE TOR!
NÅ ER JEG I BERGEN
OG BESØKER EI VENNINNE.
DU HAR SAGT AT DET
ALLTID REGNER I
BERGEN, MEN I DAG
SKINNER SOLA!
HILSEN INDIRA.

21 A Hva gjør Hassan?

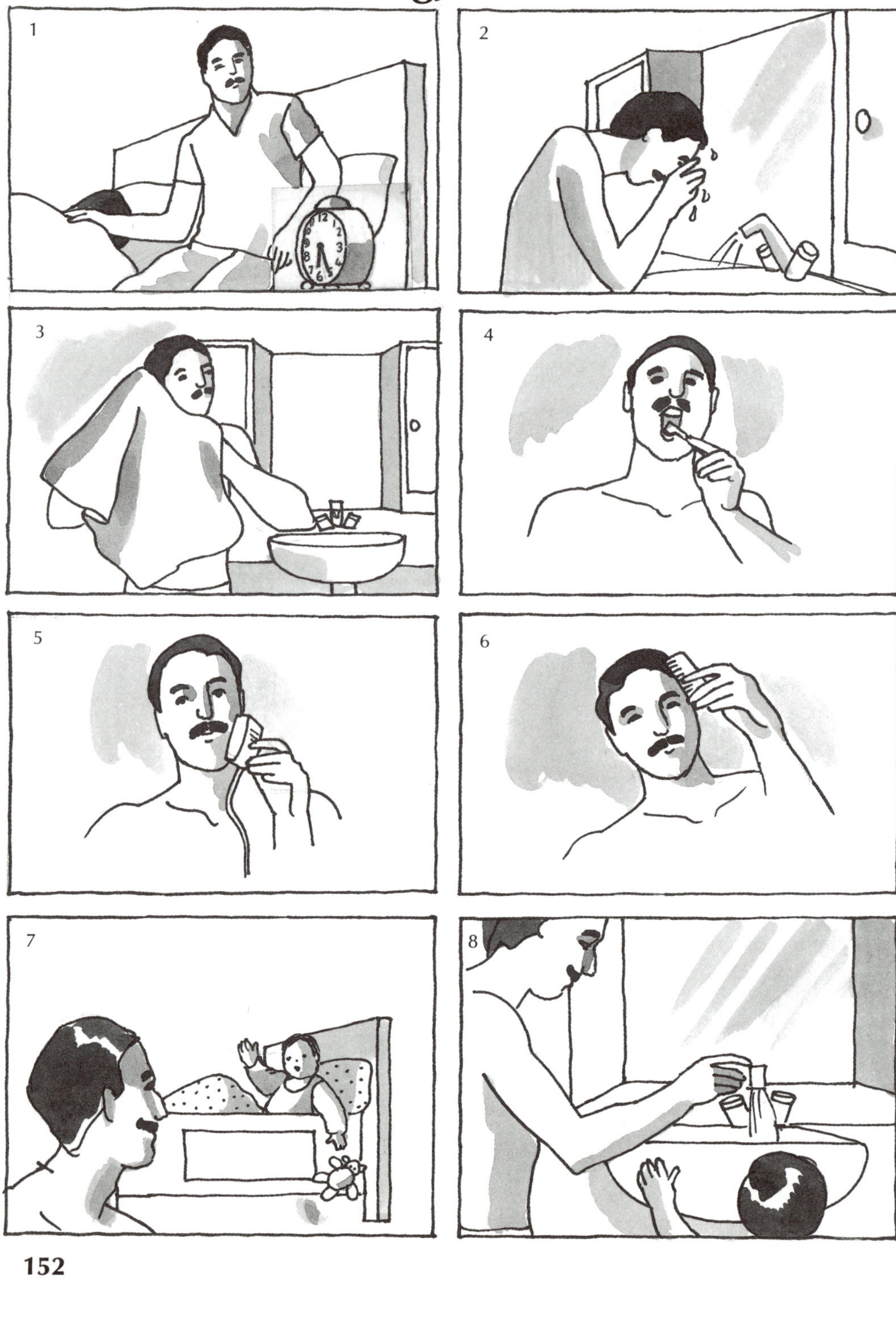

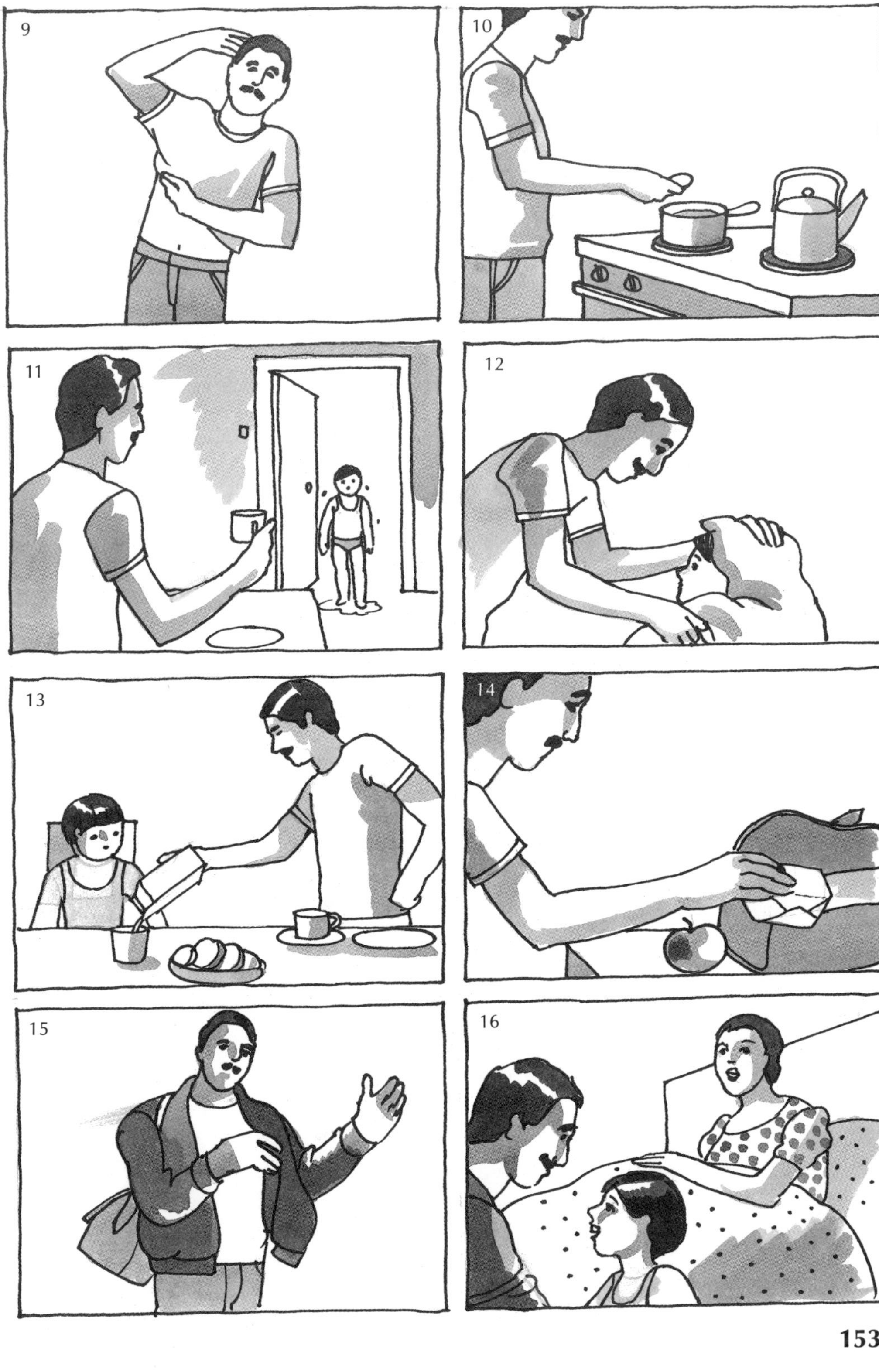
9
10
11
12
13
14
15
16

B Vekkerklokka ringte ikke

Hassan våkner og ser på vekkerklokka. Fem på halv sju! Noe er galt. Klokka ringte ikke kvart over seks som den pleier. Han skjønner at han glemte å stille den i går kveld. Han ser på Sara. Hun sover. Han står opp uten å vekke henne. Han vet at hun liker å sove lenge om morgenen.

Hassan går stille ut på badet. Han vasker seg, pusser tennene, barberer seg og grer håret. Ali roper fra barneværelset:
– Mor, jeg er våken!

Hassan skynder seg inn til ham.
– Vær stille! Mor sover. Kom, skal jeg hjelpe deg. Jeg tapper i vann, så kan du vaske deg selv. Jeg må kle på meg og spise frokost. Vi vekker mor når jeg er ferdig.
– Jeg kan ikke vaske meg selv. Mor pleier alltid å hjelpe meg.
– Jeg synes at du skal lære å vaske deg selv. Ellers må du vente. Jeg har ikke tid til å hjelpe deg nå.

C Ali vasker seg selv

Hassan kler seg stille uten å vekke Sara. Etterpå går han ut på kjøkkenet og lager frokost. Han koker egg og kaffe og lager en matpakke. Så setter han seg ved bordet og drikker kaffe og spiser noen brødskiver. Ali kommer inn på kjøkkenet. Han har vasket seg – det er lett å se, for han er veldig våt. Hassan tar et håndkle og tørker ham. Etterpå gir han gutten et glass melk og ei brødskive. Når klokka er kvart på åtte, er Hassan ferdig til å gå på arbeid. Han legger matpakken og et eple ned i veska og tar på seg yttertøyet. Så går han inn på soveværelset og vekker Sara. Hun ser forbauset ut.
– Men Hassan, det er søndag i dag!

GRAMMATIKK

PRONOMEN

Han vasker **seg.**

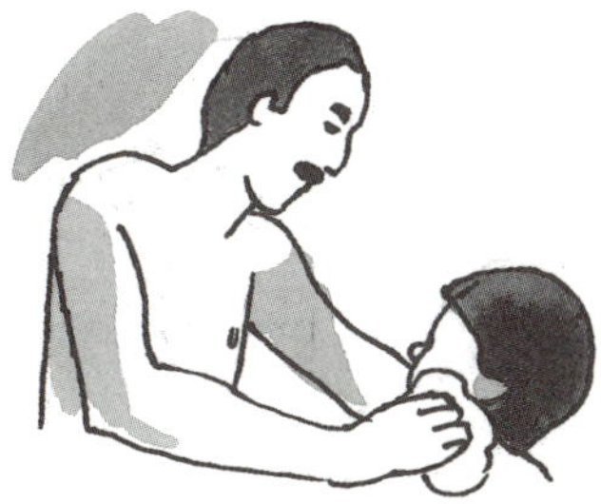

Han vasker **ham.**

Han ser **seg** i speilet.

Han ser **henne** i speilet.

Subjekt		Refleksiv			Objekt
Jeg	vasker	**meg.**	Han	vasker	**meg.**
Du	vasker	**deg.**	Han	vasker	**deg.**
Han	vasker	**seg.**	Han	vasker	**han/ham.**
Hun	vasker	**seg.**	Han	vasker	**henne.**
Vi	vasker	**oss.**	Han	vasker	**oss.**
Dere	vasker	**dere.**	Han	vasker	**dere.**
De	vasker	**seg.**	Han	vasker	**dem.**

– Vær stille!
– Du må være stille!
– Ikke snakk så høyt!
– Vask deg selv!
– Du må vaske deg selv!
– Jeg synes du skal vaske deg selv!

22A Blir du med . . . ?

Blir du med	på kino i teateret på fotballkamp på diskoteket på biblioteket i svømmehallen	?

Blir du med og	sparker fotball jogger svømmer hører på plater spiller tennis går i butikker	?

Når?	Hvor?	Hva koster det?
Nå med en gang	I svømmehallen	Det er gratis
Om 5 minutter	Hjemme hos meg	Det koster ingenting
Om en time	På biblioteket	Det er ikke så dyrt
Klokka 5	I butikken	Det koster 50 kroner
I ettermiddag	På Domus	Jeg vet ikke
I kveld klokka 8	På skolen	
I morgen	I parken	
På lørdag	Hos deg	

Ja	Jeg vet ikke	Nei
- Ja, jeg blir gjerne med.	- Jeg vet ikke.	- Nei, jeg må gjøre leksene.
- Ja, det skal bli morsomt.	- Jeg må spørre Eva først.	- Nei, jeg har ikke råd.
- Ja, gjerne.	- Jeg skal tenke på det.	- Nei, det er for dyrt.
- Ja, jeg skal bare spise først.	- Jeg vet ikke. Det er så dyrt.	- Nei, jeg har ikke tid.
- Ja, det vil jeg gjerne.	- Jeg har vondt i hodet.	- Nei, jeg kan ikke. Jeg er opptatt.
	- Kan vi ikke gjøre noe annet?	- Nei, jeg er for trøtt.
		- Nei, det er for sent.

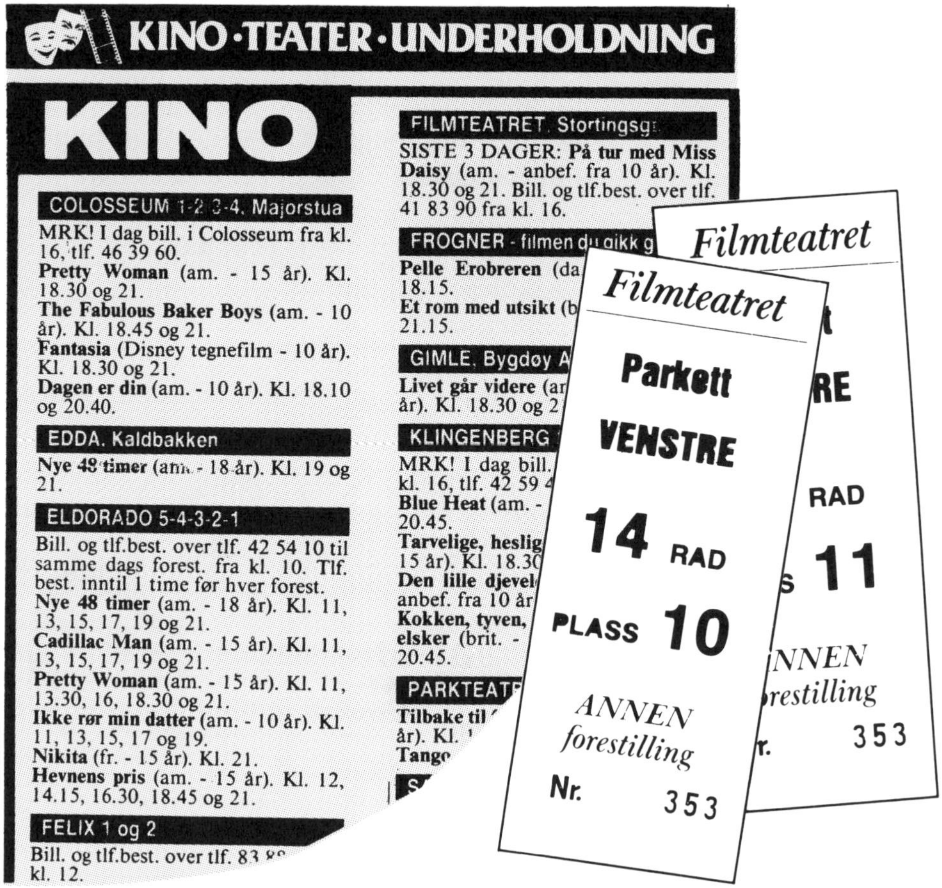

Veldig interessant.
Svært spennende.
Meget morsom.
Ganske romantisk.
Litt sentimental.
Ikke så alvorlig.
Ikke kjedelig.

Hvordan var filmen?

Jeg synes den var **kjempegod.**
Jeg synes den var **svært god.**
Jeg synes den var **god.**
Jeg synes **ikke** den var **så verst.**
Jeg synes den var **middels bra.**
Jeg synes **ikke** den var **så god.**
Jeg synes den var **dårlig.**
Jeg synes den var **veldig dårlig.**

Hvordan likte du filmen?

B Blir du med på kino, Liv?

Tor: Liv, skal vi gjøre noe morsomt i kveld?
Liv: Hva da?
Tor: Jeg har lyst til å gå på kino. Blir du med?
Liv: Jeg kan dessverre ikke. En kollega kommer innom i kveld.
Vi skal snakke om et møte i fagforeningen.
Tor: Så synd! Jeg hadde så lyst til å gå ut i kveld.
Liv: Kan du ikke spørre Per?
Han liker å gjøre ting sammen med deg!
Tor: Ja, hvorfor ikke? Hvis han har gjort leksene . . .
Liv: Han har ingen lekser. Hele skolen skal på skitur i morgen.

C Skal vi gå på kino i kveld, Per?

Tor: Du Per, skal vi gå på kino i kveld, bare du og jeg?
Per: Ja, hvis du betaler!
Tor: Det går en gammel, fransk komedie på Forum som er bra.
«Tre menn får en baby» heter den.
Per: Den har jeg sett. Jeg så den sammen med Jan på søndag.
Da du og mamma var på lærerfest.
Tor: Jaså, du har sett den . . .
Per: Men det går en annen film på Sentrum.
«En håndfull tid» heter den.
Den er norsk. Jeg har hørt at den er god.
Tor: Jeg også, men den er forbudt for barn!
Per: Men pappa, jeg er jo nesten 15. Alle tror at jeg er 15.
Og så går jeg jo sammen med en voksen.
Tor: Det er 10 måneder til du blir 15, gutten min!
Men det er greit.
Du går sammen med faren din, og da er det i orden.
Per: Bra, pappa! Jeg har jo sett så mange filmer på TV, vet du.
Når skal vi gå?
Tor: Det er én forestilling klokka 7 og én klokka 9.
Vi går klokka 7, så blir det ikke så sent.

D Utenfor kinoen

Tor: To billetter til 7-forestillingen, takk.
NN: Vær så god. Det blir 90 kroner.
Tor: 90 kroner, vær så god.
NN: Takk.
Per: Pappa, skal vi ikke kjøpe noe å spise?
Tor: Vi kommer jo rett fra middagsbordet. Er du sulten?
Per: Jeg er alltid sulten. På sjokolade.
Tor: Har du penger, da? Jeg spanderer ikke.
Per: Ja, jeg har 10 kroner.
Tor: Du bestemmer selv.
Per: Kom, vi stiller oss i køen foran kiosken.

Per: Kan jeg få en sjokolade? Den der til høyre, hva koster den?
NN: 10 kroner.
Per: Jeg tar den. Her er 10 kroner.
Tor: Kom nå! Vi går inn og setter oss, så kan vi se reklamefilmen.

E Etter filmen

Tor: Hva synes du?
Per: En kjempegod film! Synes ikke du også det?
Tor: Jo, det var en fin film. Bra fotografering.
Men det var for mye vold.
Per: Det er jo ofte vold på TV også.
Tor: Ja, jeg vet det, men jeg liker det ikke.
Per: Kan vi ikke gå og kjøpe ei pølse? Jeg er så sulten.
Tor: Jeg vet ingen som spiser så mye som du!
Du har vel ikke flere penger igjen?
Per: Pappa, hva har en foreldre til?
Tor: Det ligger en pakke med pølser hjemme i kjøleskapet.
Løp hjem og kok pølsene! Så er de ferdige når jeg kommer hjem!
Per: Du vinner! Jeg løper . . .

GRAMMATIKK

SOM

Per er en ung gutt.	**Han** er alltid sulten.
Per er en ung gutt	**som** alltid er sulten.
Liv har en kollega.	**Hun** kommer innom i kveld.
Liv har en kollega	**som** kommer innom i kveld.
På Forum går det en fransk film.	**Den** er bra.
På Forum går det en fransk film	**som** er bra.
Per kjøper en sjokolade.	**Den** koster 10 kroner.
Per kjøper en sjokolade	**som** koster 10 kroner.
Tor betaler billettene.	**De** koster 90 kroner.
Tor betaler billettene,	**som** koster 90 kroner.
Løp hjem og kok pølsene!	**De** ligger i kjøleskapet.
Løp hjem og kok pølsene	**som** ligger i kjøleskapet!

Jo = som du vet

Jeg er **jo** nesten 15.
Jeg går **jo** sammen med en voksen.
Jeg har **jo** sett så mange filmer på TV.
Vi kommer **jo** direkte fra middagsbordet.
Det er **jo** ofte vold på TV også.

23A Et fotoalbum

Har du lyst til å se fotoalbumet mitt?

Hvor tok du det bildet?

Når tok du dette bildet?

Hvem er Eva?

Hvem er det?

B Tors familie

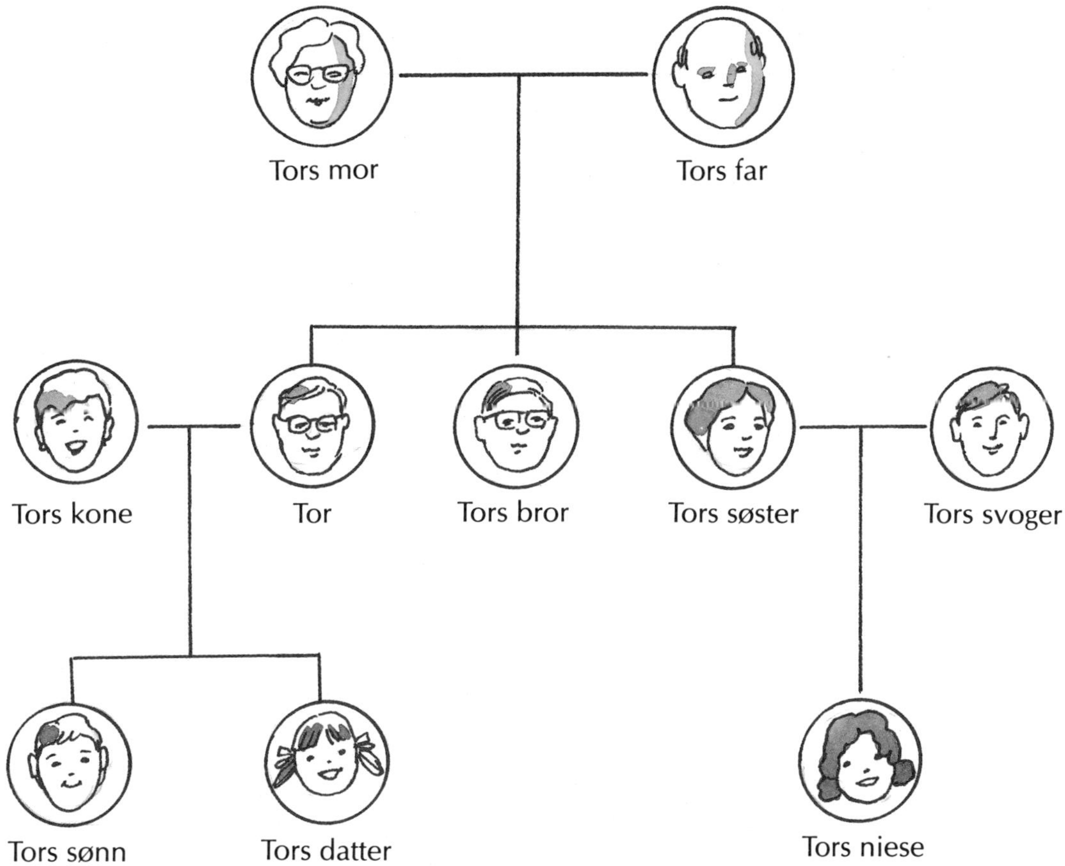

Hvem er hvem?

1 **Kona** til Tor heter Liv.
2 **Svigerfaren** til Liv heter Erik.
3 Eriks **datter** heter Hege.
4 **Mannen** til Hege heter Martin.
5 Kari er **niesen** til Hege.
6 Karis **kusine** heter Gro.
7 **Fetteren** til Gro heter Per.
8 Pers **tante** heter Hege.
9 **Svigerinnen** til Hege heter Liv.
10 **Svogrene** til Liv heter Jon og Martin.
11 Jon og Martin er Karis **onkler.**
12 Martins **svigermor** heter Anne.
13 **Barnebarna** til Anne heter Per, Kari og Gro.
14 **Bestefaren** til Gro heter Erik.
15 Martins **svigermor** heter Anne.
16 Anne har to **sønner:** Tor og Jon.
17 **Broren** til Jon heter Tor.
18 **Nevøen** til Jon heter Per.

C Fotografiet til Knut

Dette er et bilde av meg og familien min. Betty tok bildet i sommer da Marias foreldre var i Norge og besøkte oss. Det er Marias mor som sitter i lenestolen til venstre. Maria likner på henne, synes jeg. Marias far sitter i stolen til høyre. Han er ikke så høy som jeg, men han er kraftigere. Håret hans er grått nå, og han har begynt å bruke briller. Tidligere var han like mørk som Maria.

Jentene våre er også med på bildet. Carmen var åtte måneder da vi tok bildet. Hun ligger på gulvet og leker. Det er Anne som sitter i sofaen. Hun hadde langt hår da. Nå har hun kort hår.
Det er penere med langt hår, synes jeg. Men det hører ikke Maria på.
Det er hun som er frisør her i huset!
Hun klipper alle unntatt seg selv.

D Fotografiet til Per

Dette er et bilde av mamma, pappa og Kari i hagen. Mamma og Kari hopper tau. Kari er ikke så flink til å hoppe, men mamma er flink. Hun sier at hun slanker seg når hun hopper tau. Jeg tror at det er bedre å spise litt mindre. Men når jeg sier det, blir hun sur.
Det er pappa som sitter i stolen. Han er tykkere enn mamma, men han trener aldri, så det er ikke så rart. Han soler seg og håper at han skal bli brun. Men det blir han aldri, bare rød som en tomat.
Jeg er ikke med på bildet. Det var nemlig jeg som tok det.
Jeg liker å fotografere. Jeg har flere album som er fulle av bilder. Noen av bildene er kjempebra, det sier alle kameratene mine.
Til og med pappa sier at jeg tar bedre bilder enn han.
Det beste bildet mitt ligger i lommeboka. Det er et bilde av Ester. Det viser jeg ikke til noen. Ester vet ikke at jeg har tatt et bilde av henne. Hun er søt, den søteste på hele skolen. Hun har rødt, krøllet hår, og hun rødmer når jeg ser på henne.

GRAMMATIKK

ADJEKTIVETS KOMPARASJON

Blusen er **dyr.**

Kjolen er **dyrere** enn blusen.

Kåpen er **dyrest.**

glad <—> trist
blid <— > sur

lys <—> mørk

glad	gladere	gladest
trist	tristere	tristest
blid	blidere	blidest
sur	surere	surest
lys	lysere	lysest
mørk	mørkere	mørkest
høy	høyere	høyest
kort	kortere	kortest
tykk	tykkere	tykkest
tynn	tynnere	tynnest
pen	penere	penest
stygg	styggere	styggest
fin	finere	finest
ny	nyere	nyest

billig	billigere	billigst
hyggelig	hyggeligere	hyggeligst
nydelig	nydeligere	nydeligst
kjedelig	kjedeligere	kjedeligst

lang	lengre	lengst
god	bedre	best
stor	større	størst
liten	mindre	minst
gammel	eldre	eldst
ung	yngre	yngst

høy <—> kort

tykk <—> tynn

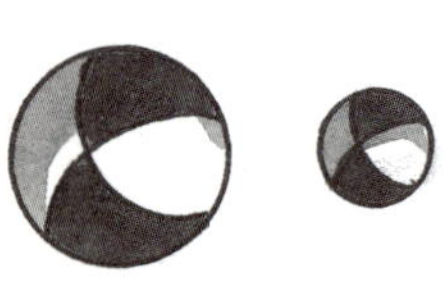

stor <—> liten

gammel<—>ung

Hun likner på . . .
Han er ikke så høy som . . .
Han er like mørk som . . .
Hun ser sur ut.
Han har grått hår.
Hun har langt hår.
Han har briller.
Han er tykkere enn . . .

– Hvem sitter i sofaen?

– **Det er** Maria **som** sitter i midten.
Det er Knut **som** sitter til venstre.
Det er Anne **som** sitter til høyre.
Det er hun **som** er 7 år.

24 A Her er menyen

Nordby Grand Hotell
Meny

FORRETT

Suppe: Grønnsaksuppe - kr 40,-
Sjampinjongsuppe - kr 35,-
Tomatsuppe - kr 35,-

Salat: Rekesalat - kr 45,-
Skinke, asparges og ost - kr 40,-
Tomatsalat - kr 35,-

HOVEDRETT

Kjøtt: Oksefilét - kr 110,-
Svinekotelett - kr 80,-
Lammestek - kr 90,-

Fisk: Kokt torsk - kr 65,-
Stekt ørret - kr 65,-
Røkt laks - kr 90,-

Kylling: Grillet kylling med ris - kr 60,-
Indisk kyllinggryte - kr 65,-

Pizza: Pizza med skinke, tomat og ost - kr 45,-
Pizza med reker - kr 50,-

DESSERT

Is med frukt - kr 25,-
Eplekake med krem - kr 30,-

	deilig!
	godt!
Det smaker	ikke så verst!
	ikke noe særlig!

B Et restaurantbesøk

Det er den 14. november og Marias fødselsdag. Knut og Maria har bestemt seg for å gå på restaurant om kvelden. De har spurt Betty om hun kan være barnevakt. Maria er glad. Hun liker å pynte seg og gå ut. Anne er også glad. Hun liker Betty, for hun smiler og ler så ofte.

Knut ringer og bestiller bord

NN: Restaurant Grand, vær så god.
Knut: Jeg vil gjerne bestille et bord for to til i kveld klokka sju. Helst ved vinduet.
NN: Det er i orden. Hva er navnet?
Knut: Knut Berge.
NN: Velkommen, da.
Knut: Takk.

C Knut og Maria studerer menyen

Knut: God dag. Jeg har bestilt et bord til Knut Berge.
Kelneren: Det stemmer. Det er det bordet der borte ved vinduet. Vær så god.
Knut: Takk.
Kelneren: Her er menyen, vær så god.
Maria: Hva har du lyst på? Fisk eller kjøtt?
Knut: Skal vi ikke begynne med en suppe?
Maria: Det blir så dyrt. Har vi råd til det?
Knut: Maria, det er fødselsdagen din! I dag skal vi spise godt og ha det hyggelig.
Maria: Ja, men . . . Ja, da vil jeg helst ha rekesalat. Skal vi begynne med det?
Knut: Ja, det er godt. Og så hovedretten, hva skal vi ta?
Maria: Gjerne kjøtt, lammestek kanskje. Hva synes du?
Knut: Det er du som bestemmer i dag. Det blir rekesalat og lammestek. Og hva vil du drikke? Jeg kjører, så jeg tar mineralvann.
Maria: En lettøl til meg.
Kelneren: Har dere bestemt dere?
Knut: Ja, 2 rekesalat, 2 lammestek, én lettøl og én mineralvann.

D Knut og Maria spiser og koser seg

Kelneren kommer med rekesalaten, og Knut og Maria spiser.
Det smaker godt.

Maria: Du, vet du hva jeg har lyst til å gjøre når vi har spist?
Knut: Jeg kan ikke lese tankene dine, vet du!
Maria: Nordmenn har ikke samme intuisjon som menn i Argentina!
Knut: Og likevel valgte du en nordmann!
Maria: Nettopp! – Men vet du hva jeg vil gjøre når vi har spist? Kjøre og hente Carlo. Så drikker vi kaffe hjemme hos oss sammen med ham og Betty. Vi har en halv bløtkake i kjøleskapet.
Knut: Det høres bra ut. – Nå får vi hovedretten.

Kelneren: Vær så god.
Maria: Takk. Det ser godt ut!
Kelneren: Ja, jeg håper det smaker!
Maria: Du Knut, tror du at det blir noe mellom Carlo og Betty?
Knut: Nei, nå må du gi deg! Jeg har da aldri merket noe. Er det derfor du vil at vi skal invitere Carlo i kveld?
Maria: Nei da, jeg vil bare at det skal bli en hyggelig kveld.
Kelneren: Smakte maten godt?
Maria: Takk, den var utmerket.
Kelneren: Vil dere ha dessert?
Knut: Nei takk, vi drikker kaffe hjemme. Kan jeg få betale?
Kelneren: Ja, et øyeblikk bare. – Her er regningen, vær så god. – Velkommen tilbake!
Maria: Tusen takk.

GRAMMATIKK

INDIREKTE TALE

Maria **spør hva** Knut har lyst på.

Knut **spør om** de skal begynne med suppe.

Maria **sier at** det blir dyrt.

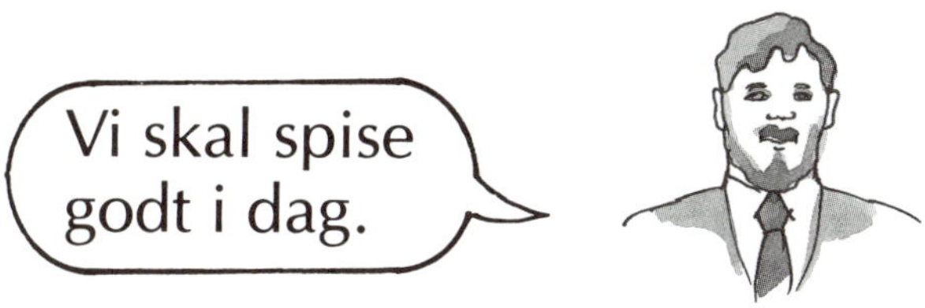

Knut **synes at** de skal spise godt i dag.

Knut **spør hva** Maria vil drikke.

Maria **sier at** hun vil ha en lettøl.

25A Hvilken årstid er det nå?

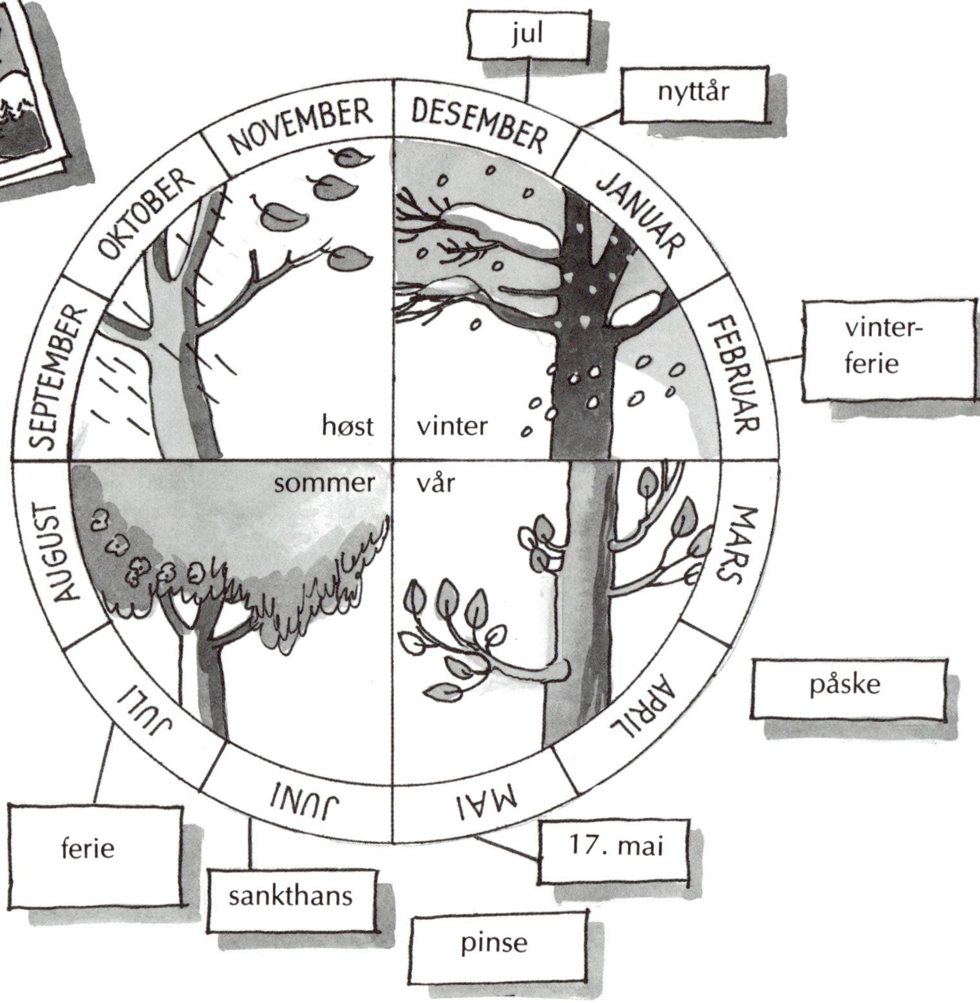

Hvilken årstid er det nå?

Hvor lenge er det til jul?

Har du ferie snart?

B Pers dagbok

For et år siden fikk jeg ei dagbok i julegave. Jeg har ikke skrevet så mye i den, bare et par sider.

Vi hadde nyttårsfest hjemme i går. Det var gøy. Vi hadde gjester fra mange land. Klokka tolv sa alle «Godt nyttår» på sitt eget språk.

Vi har vinterferie. Hurra! Det er masse snø, og jeg går på ski hver dag.

Det er 2. påskedag, og vi er på hytta til onkel Bjørn.
Vi skal reise tilbake til Nordby om et par timer.
Det har vært en fin påske. Det har vært sol hele tiden, og jeg har gått på ski hver dag.
Skjærtorsdag gikk jeg 2 mil. Langfredag kjørte jeg slalåm. Påskeaften hadde vi skirenn ved hytta.
Gjett hvem som vant? I går, 1. påskedag,
var vi i kirken. Etterpå gikk pappa og jeg på ski
et par timer.

Pappa har gått i 1. mai-tog i dag. Jeg skal snart ut og spille fotball. Det er vår!

I dag har jeg gått i tog og spilt hele formiddagen.
Det er slitsomt, men gøy å spille tromme!
Etterpå spiste vi is og drakk brus.

Skolefri! Sommer! Hurra!

Vi er på landet. Jeg kommer akkurat fra sankthansfesten.
Vi satt rundt bålet og grillet pølser.
4 brus og 12 pølser klarte jeg!
Pappa hadde med seg gitaren, og vi sang.

Skolen begynner igjen. Snart er det høst . . .

Min fødselsdag! Nå er jeg 15 år! I morges kom mamma og pappa og Kari inn til meg med brus og bløtkake og presanger og sa «Gratulerer med dagen!» Den fineste presangen: En lommekniv.

Bestefar kom i går. Han skal være hos oss til 2. juledag. Vi har vært i kirken som vi pleier på julaften. Så gikk vi hjem og spiste ribbe. Lang middag. Endelig kom vi til julegavene. Jeg fikk ei ny dagbok! Unødvendig, ettersom jeg bare har brukt 2 av 132 sider i den gamle dagboka.

GRAMMATIKK

TIDSUTTRYKK

Fortid	**Nåtid**	**Framtid**
for et par timer siden	nå	om et par timer
i morges	nå	i kveld
i går	i dag	i morgen
for en måned siden	denne måneden	om en måned
i fjor	i år	neste år
i fjor sommer	i sommer	til sommeren
forrige vinter	i vinter	til vinteren
forrige jul	i julen	til jul/neste jul

God jul!
Godt nyttår!
God påske!
God pinse!

God helg!
God ferie!

26A Jeg er trøtt!

Jeg er trøtt!

- Jeg er så sliten!
- Jeg har vondt i føttene!
- Skiene er så glatte!
- Det er så vanskelig!

Ikke le sånn!

- Du er dum!
- Det var din feil!
- Hjelp meg!
- Det er ikke noe å le av!

- Det er gøy!
- Jeg synes det er morsomt!
- Jeg liker å gå på ski!

Så moro!

B Før skituren

Tor: Hvorfor vil du ikke være med på skituren vår? Det blir sikkert en flott tur på fjellet.

Indira: Men Tor, jeg kan ikke gå på ski. Jeg har aldri gjort det. Og alle nordmenn er så flinke til å gå på ski. Dere kommer bare til å le av meg.

Tor: Så dum du er! Vi skal lære deg. Du trenger ikke å være i de store bakkene.

Indira: Men jeg har ikke ski.

Tor: Du kan sikkert få låne de nye skiene til søsteren min. Hun er omtrent like høy som du, så skiene hennes passer nok. Og du kan sikkert bruke støvlene hennes også.

Indira: Jeg vet ikke . . . Jeg har ikke anorakk.

Tor: En trenger ikke spesielle klær. Du kan ha den røde jakka di, og vottene dine ser varme ut. Bukser kan du låne av kona mi.

Indira: Ja, jeg får vel bli med, da.

C På skitur

Indira ser oppover bakken. Tor kjører slalåm. Det ser flott ut.
Liv og Per er på vei oppover. Kari leker med et akebrett.
Alle har prøvd å lære Indira å gå på ski. «Du skal gjøre sånn!»,
«Nei, ikke sånn!», «Du må se på Per!», «Se på meg!»

Nå er det fint å være alene og få øve selv. Hun vil gå framover, men de glatte skiene glir bakover. Hun prøver å huske alle «Gjør sånn!», og det hjelper. Hun glir sakte framover. Bare det ikke går oppover eller nedover, så er det greit. Det gjør vondt i føttene, og hun er litt trøtt, men det gjør ingenting. Sola varmer, og utsikten er nydelig.
Noen kommer bak Indira og vil forbi. Hun blir litt redd.
Hun er kanskje i veien? Da hører hun stemmen til Per:
«Du er flink, Indira! Nå gjør du akkurat som jeg har vist deg.»
Akkurat da faller Indira. Hun får snø i hele fjeset. Per ler og ler.
Indira blir først sint, men så begynner hun også å le.
«Vet du,» sier hun, «det er morsomt å gå på ski, likevel!»

GRAMMATIKK

SUBSTANTIV OG ADJEKTIV

en varm vott	den varme votten	varme votter	de varme vottene
ei/en rød jakke	den røde jakka/ den røde jakken	røde jakker	de røde jakkene
et nytt belte	det nye beltet	nye belter	de nye beltene

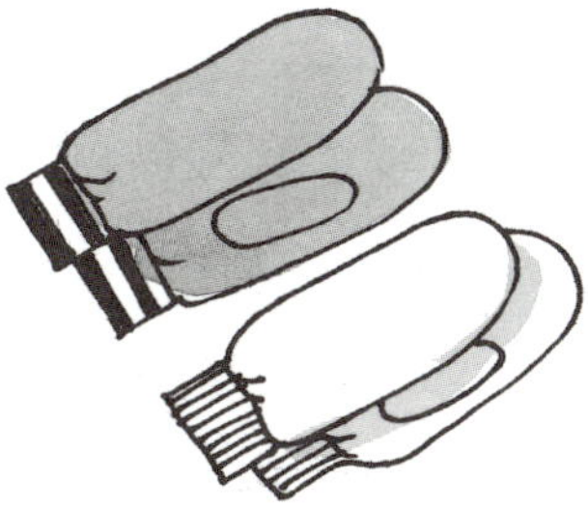

– Hvor er **de varme vottene?**
– Mener du **de brune vottene** eller **de hvite (vottene)?**
– Mine **votter** er **brune.**

– Hvem eier **de røde jakkene?**
– Den **lange jakka** er Livs og den **korte (jakka)** er Pers.
– Jaså, både Liv og Per har kjøpt **røde jakker.**

– Hva koster **de nye beltene?**
– **Det gule beltet** koster 220 kroner og **det svarte (beltet)** koster 180 kroner.
– Så **dyre** de er!

27 A Hvor har du vondt?

Hvor har du vondt?

Har du feber?

Har du vondt i magen?

Hoster du?

Er du forkjølet?

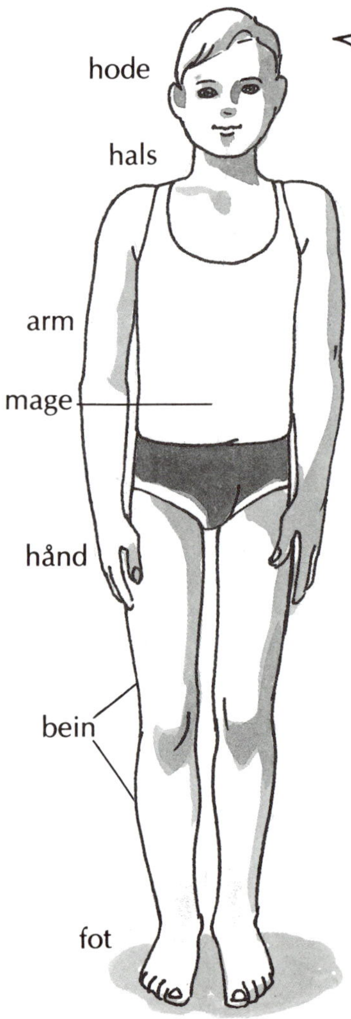

Jeg tror jeg holder på å bli syk.

Jeg føler meg ikke frisk.

Jeg har så vondt i hodet.

Jeg hoster og har vondt i halsen.

Jeg har kastet opp.

Jeg har feber, 38,3°.

B Hvorfor har du vondt?

Hvor har du vondt?	Hvorfor har du vondt?	Hva kan du gjøre?
vondt i ei tann	hull i tanna mistet en fylling	gå til tannlegen ta en smertestillende tablett
hoste vondt i halsen	forkjølet røykt for mye	ta hostesaft slutte å røyke
hodepine vondt i øynene	lest lenge med dårlig lys sett på TV i mange timer mistet brillene	bruke bedre lys slappe av slå av TV-en sove en stund bruke briller
vondt i magen	spist for mye spist dårlig mat spist for fort urolig	ta en smertestillende tablett sove en stund snakke med noen gå til lege

smertestillende tabletter

salve

hostesaft

vitaminer

saks

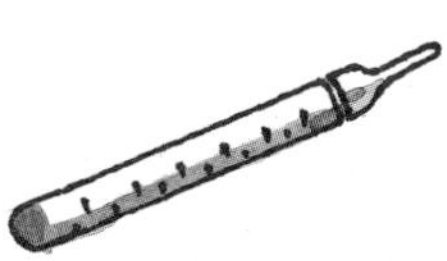
termometer

plaster

C Noen sider fra Pers dagbok

Mandag

Jeg hadde vondt i halsen da jeg våknet. 38,3 ° i feber.
– Jeg trengte ikke å gå på skolen. Mamma ringte til Anders og spurte om han kunne si til læreren at jeg var syk.
Så spurte hun om han kunne komme hit med leksene etter skolen.
Det syntes jeg var unødvendig. Jeg var altfor syk til å gjøre lekser.

Da mamma og pappa hadde gått på arbeid og Kari var i barnehagen, hentet jeg en spennende kriminalroman fra pappas bokhylle.
Jeg leste og hostet. Mamma ringte tre ganger for å spørre om jeg var bedre. Jeg sa at det ikke var bra at hun ringte og vekket meg, når jeg var så syk. Hun ble sur. Hun har ikke humoristisk sans!

Da pappa kom hjem, hadde jeg akkurat lest ut boka og satt den tilbake i hylla. Han syntes at jeg så dårligere ut, og sa at øynene var røde.

Jeg sa at jeg hadde hørt at is var den beste maten når en hadde vondt i halsen og feber. Pappa trodde ikke på det. Håper mamma skjønner at det er sant, når hun kommer hjem.
(Det er sant! Anders har lest det i en avis!)

Tirsdag

Jeg er dårligere. 39,1 ° i feber. I morges syntes også pappa synd på meg. Han ville ringe til legevakten, men jeg sa at jeg bare ville sove. Han ringte likevel til en lege som han kjenner. Men legen var selv syk, så han kunne ikke komme. Han hadde influensa.

Da jeg var alene, stod jeg opp og så hvor mye is det var i kjøleskapet. 2 liter. Jeg merket at det var bra for halsen å spise is.

Mamma kom hjem med hostesaft. Jeg brukte den som saus på isen.

Onsdag

Jeg er for syk til å skrive. Jeg har 39,5 ° i feber. Mamma og pappa er snillere enn de pleier å være. De holder Kari borte fra senga. De vil ikke at hun skal bli smittet.

Torsdag

Jeg er bedre. Jeg fikk brev fra bestemor. Det lå 50 kroner i konvolutten. «Kjøp noe du ønsker deg!» og «God bedring!» skrev hun. Hun forstår meg. Jeg skal ringe til henne og takke, men først skal jeg bestemme hva jeg skal kjøpe. En kassett eller fem blader?

Fredag

Feberfri! Mamma sa at det var best at jeg var hjemme i dag også. Jeg er enig, men i morgen står jeg opp. Vi skal spille ishockey på søndag, og jeg trenger en dag for å komme i form.

Anders ringte og snakket om en prøve på mandag. Jeg sa at jeg var for syk til å lese lekser. Han sa at jeg måtte komme og spille ishockey på søndag. De trengte meg på laget.

Alle her hjemme har vært greie denne uken. De har laget god suppe og kjøpt blader til meg, og de har gått på apoteket og kjøpt tabletter og hostesaft. Det er ikke så dumt å være syk – når en har tid til det . . . Men nå roper pappa at han har vondt i halsen. Han vil at jeg skal hente hostesaften!

GRAMMATIKK

FORDI – DERFOR

Jeg er hjemme **fordi** jeg er syk.
Jeg er syk. **Derfor** er jeg hjemme.

Jeg har vondt i halsen **fordi** jeg er forkjølet.
Jeg er forkjølet. **Derfor** har jeg vondt i halsen.

Jeg har hodepine **fordi** jeg har lest uten briller.
Jeg har lest uten briller. **Derfor** har jeg hodepine.

Jeg har vondt i magen **fordi** jeg lengter hjem.
Jeg lengter hjem. **Derfor** har jeg vondt i magen.

Fordi + leddsetning   **Derfor** + hovedsetning

LEDDSETNING KAN STÅ FORAN ELLER ETTER HOVEDSETNING

Jeg var syk	**da** jeg våknet.
	Da jeg våknet, var jeg syk.
Jeg var hjemme	**fordi** jeg var syk,
	Fordi jeg var syk, var jeg hjemme.
En skal være hjemme	**hvis** en er syk.
	Hvis en er syk, skal en være hjemme.
Jeg hadde lest ut boka	**da** pappa kom hjem.
	Da pappa kom hjem, hadde jeg lest ut boka.
Is er bra mat	**når** en har feber.
	Når en har feber, er is bra mat.
Det er bra å være syk	**når** en har tid.
	Når en har tid, er det bra å være syk.

28A

Her er timeplanen til Per.

Hvordan ser timeplanen din ut?

TID	MANDAG	TIRSDAG	ONSDAG	TORSDAG	FREDAG
8.45- 9.30	fransk	fransk	forming	gymnastikk	naturfag
9.35-10.20	matematikk	norsk	forming	naturfag	samfunns-fag
10.30-11.10	norsk	matematikk	maskin-skriving	fransk	matematikk
11.50-12.30	naturfag	engelsk	gymnastikk	norsk	maskin-skriving
12.40-13.25	engelsk	samfunns-fag	matematikk	engelsk	norsk
13.30-14.15	gymnastikk	kristendom	klassens time	samfunns-fag	kristendom

– Når er det sommerferie?

– Fra ca. 20. juni til 20. august.

– Hvor lang påskeferie har barna i Norge?

– Omtrent en og en halv uke.

Ikke obligatorisk **Obligatorisk**

B Skolen i Norge

Tor: Maria, Anne har vel begynt på skolen i år?
Maria: Ja, hun går i første klasse.
Betty: Hun er jo sju år. Er det ikke litt sent å begynne på skolen når en er sju år? I USA begynner barna når de er fem.
Tor: De fleste barna går også et år på førskolen.
Indira: Men førskolen er vel ikke obligatorisk?
Tor: Nei, det er den ikke. Det er bare barneskolen og ungdomsskolen som er obligatoriske.
Barna går 6 år på barneskolen og 3 år på ungdomsskolen.
Carlo: Skolen er gratis, ikke sant?
Tor: Jo, det er den.
Carlo: Bøkene også?
Tor: Noen bøker er gratis. Andre får de bare låne.
Betty: Hvilke fremmedspråk lærer barna på skolen?
Tor: Engelsk er obligatorisk fra 4. klasse. Tysk og fransk er valgfrie fag fra 8. klasse. I noen skoler har de spansk også.
Hassan: Men hvordan er det med undervisning i kristendom? Sara og jeg er muslimer. Er kristendom obligatorisk for Ali når han begynner på skolen?
Tor: Nei, han kan bli fritatt fra undervisning i kristendom hvis Sara og du ønsker det. – En annen ting som du skal huske, Hassan, er at Ali kan få morsmålsundervisning på skolen. Her i kommunen tror jeg det er 4 timer pr. uke.
Hassan: Det synes jeg er fint! Jeg vil gjerne at han skal kunne snakke med familien vår når vi reiser hjem til Iran.

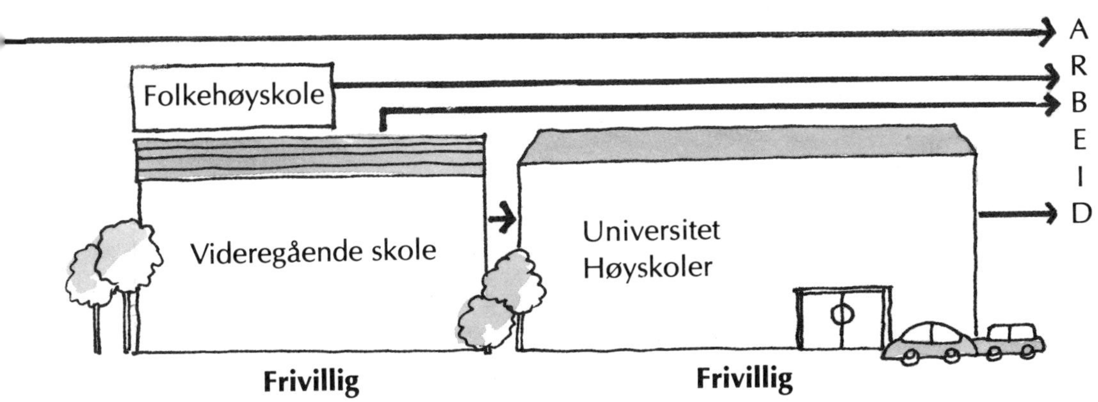

C Foreldremøter er bra, sier Maria

Betty: Hvordan er det med tannpleie for barna?
Jeg synes at det er så dyrt å gå til tannlegen.

Carlo: Bare hvis man har mange hull!

Tor: Det er gratis tannpleie og gratis helsekontroll også.

Carlo: Går de fleste ut i arbeidslivet når de er ferdige med ungdomsskolen?

Tor: Noen gjør det, men omtrent 90 prosent fortsetter i den videregående skolen. Der kan de velge mellom praktiske og teoretiske linjer.

Indira: Jeg vil gjerne spørre deg, Maria, om Anne liker seg på skolen?

Maria: Ja, nå gjør hun det. Men i begynnelsen var hun veldig sjenert og følte seg alene, spesielt i friminuttene.
Men læreren hennes var veldig snill og hjalp henne.
– Det har også vært bra å gå på foreldremøter.
Vi har blitt litt kjent med de andre foreldrene.
Derfor har jeg skjønt at Anne av og til overdriver hjemme.
Hun vil så gjerne lære å ri, og derfor sa hun at alle de andre jentene i klassen gikk på rideskole.

Forskjellige måter å spørre på

vel = ikke sant? = jeg tror at det er slik

– Har Anne begynt på skolen i år?

– Anne har **vel** begynt på skolen i år?
– Anne har begynt på skolen i år, **ikke sant?**

– Liker Anne seg på skolen?

– Anne liker seg **vel** på skolen?
– Anne liker seg på skolen, **ikke sant?**

– Er førskolen obligatorisk?

– Førskolen er **vel** obligatorisk?
– Førskolen er obligatorisk, **ikke sant?**

– Er ikke førskolen obligatorisk?

– Førskolen er **vel** ikke obligatorisk?

29A Hvor kommer du fra?

Velg de ord og uttrykk som passer deg!

Jeg er født i	ei bygd	som heter	Gran.
	en landsby		Gordon.
	en by		Bergen.
	en stor by		Roma.
			Calcutta.
			....

Bygda	liggeri	Minnesota	og har ca.	5 000	innbyggere.
Landsbyen		Norge		15 000	
Byen		Italia		200 000	
		India		7 000 000	
		......		....	

De lever av	jordbruk	og	fiske.
	turisme		skipsfart.
	industri		håndverk.
	handel		....

Det er	ikke noen innvandrere	i	bygda	der jeg vokste opp.
	ikke så mange innvandrere		landsbyen	
	mange innvandrere		byen	
	få turister			
	mange turister			

Det er	kalde vintrer og varme somrer	der.
	mye regn	
	tropisk klima	
	....	

Jeg synes at den fineste bygningen der er	rådhuset.
	en kirke/kirken.
	en moské/moskeen.
	et slott/slottet.
	....

Jeg liker også	jernbanestasjonen.
	konserthuset.
	biblioteket.
	teateret.

B Vil du fortelle om Bergen?

Tor: Jeg vokste opp i Bergen. Det er Norges nest største by med ca. 210 000 innbyggere. Byen ligger på Vestlandet og er en handelsby med stor skipsfart og god kontakt med utlandet.
Bergen har et universitet med ca. 12 000 studenter.

Bergen er en populær turistby. Hver sommer kommer utlendinger og nordmenn til «byen mellom de sju fjell». De besøker Mariakirken, som er fra 1100-tallet, og Bryggen, som i mange hundre år var et viktig handelssenter. Mange kjøper reker og levende fisk på fisketorget. Edvard Griegs hjem, som heter Troldhaugen, vil de også se.

Det er spesielt mange turister i Bergen når det er festspill i byen. Da kan de se på kunst og høre på musikk fra morgen til kveld. Festspillene blir arrangert i slutten av mai og begynnelsen av juni hvert år fordi været er best da. Ellers regner det mye i Bergen, over 2000 mm pr. år.
Det er mange innvandrere i Bergen. De fleste kommer fra Chile, Vietnam og Pakistan. Ca. 7% av studentene ved universitetet er utlendinger.

Mariakirken

Ulriksbanen

Troldhaugen

Bryggen

C Vil du fortelle om deg selv?

Faren min var sjømann. Derfor var han ikke så ofte hjemme.
Mor, mine søsken og jeg bodde i første etasje i et lite hus midt i byen.
I annen etasje bodde besteforeldrene mine. De eide det lille huset.

Far pleide å fortelle om det frie livet på sjøen, og jeg ville bli sjømann som han. Men far sa: «Det er nok med én sjømann i familien. Hvorfor blir du ikke lærer?» Lærer ville jeg ikke bli, det var jeg sikker på. Etter artium drog jeg til sjøs. Men jeg likte ikke sjømannslivet. Jeg lengtet hjem. Etter omtrent ett år var jeg hjemme igjen. Både mor og far var glade da, det husker jeg.

Jeg ville ikke bo hjemme, så jeg flyttet til Oslo og begynte å studere ved universitetet der. Etter noen år traff jeg Liv, og vi giftet oss. Vi fikk barn, og måtte tjene penger. Jeg begynte som vikar på en skole. Og jeg likte jobben! Det var mye bedre å være lærer enn å være elev. Så fikk jeg arbeid her i Nordby, og nå sitter jeg her som lærer.

GRAMMATIKK

ORDSTILLING I LEDDSETNING

Hvorfor blir du ikke lærer?

Jeg vil ikke bo hjemme!

Jeg vil gjerne bli sjømann!

Jeg vil ikke bli lærer!

Jeg liker ikke sjømannslivet!

	+	S	A	V	
Faren hans spurte	hvorfor	han	ikke	ble	lærer.
Tor svarte	at	han	gjerne	ville	bli sjømann.
Men han oppdaget	at	han	ikke	likte	sjømannslivet.
Han flyttet til Oslo	fordi	han	ikke	ville	bo hjemme.
Tor var sikker på	at	han	ikke	ville	bli lærer.

S = subjekt **A** = adverbial **V** = verbal

LITEN – SMÅ

en liten gutt	den lille gutten	små gutter	de små guttene
ei lita jente	den lille jenta	små jenter	de små jentene
en liten jente	den lille jenten		
et lite hus	det lille huset	små hus	de små husene

– Jeg har **en liten gutt** og **ei lita jente**.
Den lille gutten og **den lille jenta** leker med **små biler**.
De små bilene er røde.

30A Skal vi diskutere?

B Husmor eller yrkesaktiv?

Maria er hjemme og tar seg av barna sine. Hun vet at dette arbeidet er viktig, og hun har nok å gjøre. Men av og til savner hun yrket sitt. Hun tenker på den tiden da hun arbeidet som legesekretær i Argentina. Hun likte jobben sin, og hun hadde god lønn.

For en uke siden ringte personalsjefen i en av bedriftene i Nordby og sa at han hadde hørt at Maria hadde utdanning som sekretær. Nå trengte de en sekretær som kunne spansk. Han spurte om Maria var interessert i å begynne å arbeide utenfor hjemmet. Maria visste ikke hva hun skulle svare. Hun sa at hun skulle tenke på det og ringe tilbake neste dag.

Nå føler Maria seg veldig usikker. De klarer seg på Knuts lønn og barnetrygden for de to barna sine, selv om det ikke er nok til noe ekstra. Men prisene går opp, og det ville være fint med to lønner. Hun ser mange grunner til å begynne å arbeide, men hun ser også mange gode grunner til å være hjemme med barna.

C Kan du gi Maria et råd?

Om kvelden diskuterer Maria og Knut hva Maria skal gjøre.

Maria: Det er ikke bare et spørsmål om penger.
Jeg liker å være sammen med andre voksne.

Knut: Føler du deg isolert her hjemme?

Maria: Ikke akkurat isolert. Jeg kjenner jo flere av naboene.
– Men det er et fint tilbud, ikke sant?
Det er ikke lett å vite om jeg kan få arbeid når jeg selv ønsker det.

Knut: Nei, det er mange som er arbeidsledige, det er sant.
Men Carmen er bare ett år!
Synes du ikke at hun trenger mora si fortsatt?

Maria: Hun trenger vel faren sin også ...? Men det er vanskelig.
Hvis vi bodde i Argentina, kunne mora mi ta seg av barna.
Mora di er jo død, og faren din bor i Stavanger.

Knut: Ja, vi kan ikke få hjelp av familien. Men det er slik for de fleste her i Norge.
Hvis du begynner å arbeide, må Carmen trolig være hos dagmamma, for jeg tror ikke hun kan få plass i barnehage.
Anne kan være på et fritidshjem etter skolen.

Maria: Jeg liker ikke at andre skal ta seg av barna våre.
Jeg tror de har det best hos meg . . . Å Knut, jeg vet ikke hva jeg skal gjøre!

Maria må bestemme seg. I morgen skal hun ringe til personalsjefen og gi et svar. Hvilket råd vil du gi henne?

GRAMMATIKK

HANS → / HENNES → / DERES → SIN – SI/SIN – SITT – SINE

1

Knut har **hatten sin** på seg.
Anne har **lua si** på seg.

2

Knut gir Anne **hatten sin.**
Anne gir Knut **lua si.**

3

Nå har Knut **lua hennes** på seg.
Anne har **hatten hans** på seg.

4

Knut gir Anne **lua hennes** tilbake.
Anne gir Knut **hatten hans** tilbake.

5

Nå har Knut **sin hatt** på seg igjen,
og Anne har **si lue** på seg.

Knut er glad i **barna sine.**
Han er glad i **kona si** også.
Knut og Maria liker **leiligheten sin.**
De synes det er moro å få besøk av **vennene sine.**

Ordliste

_	lang vokal, eksempel: heter
.	kort vokal, eksempel: Norge
ŋ	uttales som **ng** i ringe
ʃ	uttales som **sj** i sju
ç	uttales som **tj** i tjue
rs	uttales som **rs** eller som ʃ, retrofleks lyd
rt	uttales som **rt** eller som ʈ, retrofleks lyd
rd	uttales som **rd** eller som ɖ, retrofleks lyd
rn	uttales som **rn** eller som ɳ, retrofleks lyd
rl	uttales som **rl** eller som ɭ, retrofleks lyd

1 A–B

jeg [*jæi*]
du
han
hun
de [*di*]

heter
er [*ær*]

dette
det [*de*]
Det er . . . [*de ær*]

Hei! [*hæi*]
God dag! [*go dag*]
Morn! [*mårn*]
Ha det (bra)! [*ha de/ha de bra*]
Morn'a! [*mårna*]
Adjø!

og [*å*]
eller
også [*åså*]
ja
nei [*næi*]

Jeg er fra . . . [*jæi ær fra*]
Jeg kommer fra . . . [*jæi kåmer fra*]

hvor [*vor*]
hva [*va*]
hvem [*vem*]

Norge [*nårge*]		USA
Italia		Argentina
Iran		Pakistan
India		Sør-Amerika

2 A

ei/en adresse
et navn
et alfabet

navnet ditt [*navne dit*]

staver – kan stave
skriver – kan skrive

hvordan [*vordan*]

2 B

en familie
en lærer
en gutt
ei/en jente
ei/en kone
et barn [*barn*]

de [*di*]

snakker – kan snakke
bor
har

norsk [*nårsk*]
engelsk [*eŋelsk*]
spansk
gift [*jift*]

lærer i norsk

i Storgata
to (2)

2 C

en bror
et år, tre år

kona mi / konen min

vi
dere

gjenta – kan gjenta [*jenta*]
prøve – kan prøve

fransk
alene
gammel
Hvor gammel er . . .?
[*vor gamel ær*]

ikke

litt
men

Kan du gjenta? [*kan du jenta*]
Unnskyld? [*unʃyl*]
Jeg sier at . . .

tre (3)
fem (5)
ti (10)
fjorten (14) [*fjorten*]

3 A

ei/en klokke [*klåke*]

Hva er klokka? [*va ær klåka*]
Hvor mye er klokka?
[*vor mye ær klåka*]

Den er ett [*den ær et*]
kvart over ett [*kvart åver et*]
halv to [*hal to*]
kvart på to [*kvart på to*]
fem over to [*fem åver to*]
ti på halv tre [*ti på hal tre*]
fem over halv tre [*fem åver hal tre*]
ti på tre

3 B

å stå opp, står opp
å arbeide, arbeider [*arbæide*]
å spise, spiser
å begynne, begynner [*bejyne*]
å slutte, slutter
å drikke, drikker
å spise frokost [*frokåst*]
å spise middag
å drikke te

Hva gjør du? [*va jør du*]

når
Når står du opp?

på norskkurs [*på nårskurs*]

3 C

en dag
en butikk
ei/en bok
et kurs i norsk [*et kurs i nårsk*]

å ta bussen, tar bussen
å ringe til, ringer til [*riŋe*]
å lese, leser
å sove, sover [*såve*]
å gå, går
å gå hjem [*gå jem*]

mellom
fra – til

3 D

en timeplan
en skole
ei/en tid
et sted
et rom
norsk for utlendinger [*nårsk får utleniŋer*]
kl. = klokka/klokken [*klåka*]

mandag
tirsdag [*tirsdag*]
onsdag
torsdag [*tårsdag*]
fredag
lørdag [*lørdag*]
søndag

4 A-B

Mat

en ost
margarin
ei/en skinke [*ʃiŋke*]
ei/en brødskive [*brøʃive*]
ei/en skive [*ʃive*]
et brød [*brø*]
et rundstykke [*runstyke*]
et egg
syltetøy

Drikke

melk	te
saft	kaffe
juice [*jus*]	øl
brus	vin
	vann

en kopp [*kåp*]
et glass

å like, liker

tørst [*tørst*]
sulten

Vil du ha . . .?
Jeg vil gjerne ha [*jærne*]
Jeg har lyst på . . .
Kan jeg få . . .?

noe å drikke
noe å spise

Ja takk
Nei takk

4 C

sukker [*soker*]
is
mamma
ei/en skive til [*ei ʃive til*]

å bruke, bruker
å ta, tar
å vente, venter
Du må vente!

forsynt [*fårsynt*]

vær så god [*vær så go*]
takk

gjerne [*jærne*]
bare
kanskje [*kanʃe*]

hjemme [*jeme*]
i dag
sammen med [*samen me*]

hos
på

4 D

Emballasje	
en pose	et glass
en tube	ei/en flaske
en kartong [*kartoŋ*]	en boks

Mål og vekt	
1 l	= en liter
1 kg	= en /et kilo [*çilo*]
1 hg	= en /et hekto
1 g	= et gram

mat
salt
ris
fiskeboller

ei/en dame
ei/en avis
et stykke

å kjøpe, kjøper [*çøpe*]
å finne, finner
å spørre, spør
å betale, betaler

unnskyld [*unʃyl*]
tusen takk

der [*dær*]
der borte [*borte*]
til høyre
til venstre

5 A

en venn, vennen
en film, filmen
musikk, musikken
et brev, brevet

å stå, står
å ligge, ligger
å sitte, sitter
å tenke, tenker (på) [*teŋke*]
å høre, hører
å se, ser (på TV)
å skrive, skriver

selv [*sel*]
nå

5 B

en bokhandel, bokhandelen
en fabrikk, fabrikken

en konvolutt, konvolutten
en kjærlighet, kjærligheten [*çærlihet*]
en far, faren
ei/en mor, mora/moren
ei/en lomme, lomma/lommen
ei/en postkasse, postkassa/-kassen
et papir, papiret
et brevpapir, brevpapiret
et arbeid, arbeidet [*arbæid*]
et frimerke, frimerket

å lete, leter (etter noe)
å ville, vil
å sykle, sykler
å ta fram, tar fram [*ta fram*] [*ta fram*]
å fortelle, forteller (om noe) [*fårtele*]
å lengte, lengter – lengte hjem [*leŋte jem*]
å legge, legger
å sette, setter – sette på noe
å putte, putter
å gå, går – gå ut, gå på kino
å treffe, treffer
å være sammen, er sammen (med noen) [*ærsamen*]

på veien [*på væien*]

6 A

Frukt

en appelsin, appelsinen
en banan, bananen
ei/en pære, pæra/pæren
et eple, eplet

en sjokolade, sjokoladen [*ʃokolade*]
et kort, kortet [*kårt*]

å koste, koster [*kåste*]

Hva koster . . .? [*va kåster*]
Hvor mye koster . . .?
Hvor mye blir det?

Mange takk! [*maŋe tak*]

Penger [*peŋer*]

et øre, øret
ei/en krone, krona/kronen
en hundrelapp, hundrelappen
en tusenlapp, tusenlappen

6 B-D

en kiosk, kiosken [*çåsk*]
en bank, banken [*baŋk*]
et postkontor, postkontoret
en blankett, blanketten
et bankkort, bankkortet [*baŋkårt*]
et frimerke til fem kroner

å sende, sender [*sene*]
å veie, veier [*væie*]
å veksle, veksler
å ta ut, tar ut
å få, får
å gi, gir [*ji*]

å veksle 50 dollar i norske kroner [*dålar*] [*nårske*]

utsolgt [*utsålt*]
her [*hær*]

dessverre
tilbake
da

Noe annet?
Det blir . . . [*de blir*]
Vil du skrive . . .

6 E

en frisør, frisøren
et ukeblad, ukebladet [*ukebla*]
et hår, håret

å ha time, har time
å komme, kommer [*kåme*]
å vaske, vasker
å klippe, klipper
å tørke, tørker
å føne, føner
å stemme, stemmer
å synes, synes
å måtte, må

Vær så god og sitt! [*vær så go å sit*]

straks
nå
ferdig [*færdi*]
omtrent som nå
litt kortere [*kårtere*]
det stemmer

HJELPEVERB

tran, tranen
en bil, bilen
ei/en gate, gata/gaten

å reise, reiser [*ræise*]
å se opp for biler [*åp*]

i morgen [*i måren*] [*i mårn*]

7 A

sol, -a/-en
vær, -et

skinne, -er [*ʃine*]
regne, -er [*ræine*]
blåse, -er
snø, -r

fin, -t
varm, -t
kald, -t [*kal*]

i dag
Hva slags vær . . .? [*va slaks vær*]
Hvordan er været?
[*vordan ær være*]

7 B

yrke, -et
førerkort, -et [*-kårt*]
viskelær, -et
ord, -et [*or*]
etternavn, -et

forklare, -er [*fårklare*]
forstå, -r [*fårstå*]
bety, -r

ugift, -[*ujift*]

7 C

elev, -en
pause, -en [*pæuse*]
regn, -et [*ræin*]
skjema, -et [*ʃema*]

denne, dette

kjøre, -er [*çøre*]
hilse, -er
studere, -er

fylle, -er (ut)
snakke, -er (sammen)
trives, trives
vite, vet
bli, blir

ny, -tt
dårlig, - [*dårli*]
deprimert, -
trist, -

akkurat
akkurat i dag
da
så (kaldt) [*kalt*]

lenge = lang tid [*leŋe*]
Hvor lenge har du
  vært i . . .? [*vor leŋe*]

7D

student, -en
penn, -en
telefon, -en
restaurant, -en [*resturaŋ*]
time, -en
måned, -en, -er
sivilstand, -en [*sivilstan*]
nasjonalitet, -en [*naʃonalitet*]
fornavn, -et [*fårnavn*]
fødselsnummer, -et [*føtselsnomer*]
postnummer, -et [*postnomer*]
sentrum, -et
penger [*peŋer*]

to ganger [*to gaŋer*]

virke, -er
trenge, -er [*treŋe*]
huske, -er
sitte, -er (på)

smile, -er
skal (reise) til

stor, -t
flott, -[*flåt*]
fri, -tt

alle

så (= etterpå)
heldigvis [*heldivis*]
igjen [*ijen*]
hvorfor [*vorfår*]
etter

Det står . . . [*de står*]
Så synd at . . . [*så syn at*]
Ja vel
Å!

Sivilstand

ugift [*ujift*]	gift [*jift*]
samboer	skilt [*ʃilt*]
enke [*eŋke*]	enkemann [*eŋkemann*]

8 A

Klær

frakk, -en, -er, -ene
kjole, -en, -er, -ene [*çole*]
genser, -en, -e, -ne
sko, -en, -, -ene; et par sko
kåpe, -a/-en, -er, -ene
lue, -a/-en, -er, -ene
jakke, -a/-en, -er, -ene
skjorte, -a/-en, -er, -ene [*ʃorte*]
bukse, -a/-en, -er, -ene [*bokse*]

dongeribukse [*dåŋeribokse*]
bluse, -a/-en, -er, -ene
skjørt, -et, -, -ene [*ʃørt*]
slips, -et, -, -ene
belte, -et, -er, -ene

8 B

farge, -en, -er, -ene
størrelse, -en, -er, -ene
salg, -et, -, -ene

meg [*mæi*]
deg [*dæi*]

kikke, -er [*çike*]
hjelpe, -er [*jelpe*]
prøve, -er
tro, -r

rød, -t, -e [*rø, røt, røe*]
billig, -, -e [*bili*]

hvilken, hvilket,
hvilke [*vilken*]

Vær så god! [*vær så go*]

8 C

buss-sjåfør, -en, -er, -ene [*-ʃåfør*]
pris, -en, -er, -ene
pose, -en, -er, -ene
morgen, -en [*måren/mårn*]
ekspeditrise, -a/-en, -er, -ene
barneavdeling, -a/-en, -er, -ene
[*barneavdeliŋ*]
barnetrygd, -a/-en, -er, -ene
klær, -ne

lage, -er (middag)
kjøre, -er (med buss) [*çøre me bus*]
hente, -er
passe, -er

bli med, blir med [*bli me*] [*bli me*]
bli hjemme [*jeme*]
gå på salg
være salg på noe
gå bort til noen [*bort*]

pen, -t, -e
god, -t, -e [*go, gåt, goe*]
slik, -t, -e
ny, -tt, -e [*ny, nyt, nye*]
grei, -t, -e

Farger

rød [*rø*]	rødt [*røt*]	røde [*røe*]
gul	gult	gule
brun	brunt	brune
grønn	grønt	grønne
blå	blått	blå(e)
hvit [*vit*]	hvitt [*vit*]	hvite [*vite*]
svart	svart	svarte

glad, -, -e [*gla, gla, glae*]

først [*først*]
neste dag

mange [*maŋe*]
annen, annet, andre

sammen med [*me*]
samme farge som
for stor [*får stor*]
ei jakke til 300 kroner

9 A

tannlege, -en, -er, -ene

rydde, -er
gå tur, går tur

i kveld [*i kvel*]
fredag kveld [*kvel*]

Hvor ofte . . .? [*vor åfte*]
alltid [*alti*]
aldri
nesten alltid/aldri
iblant
av og til [*av å til*]
ikke så ofte [*åfte*]

9 B

mann, -en, menn, -ene
tennis, -en
barne-TV
jazz, -en [*jas*]
bokhylle, -a/-en, -er, -ene
språkkurs, -et, -, -ene [*-kurs*]

min, mi /min, mitt, mine[*min/ min*]
din, di /din, ditt, dine [*din /din*]

få, -r (inn)

morsom, -t, -me [*morsåm*]
noe morsomt
svensk, -, -e
amerikansk, -, -e [*am(e)rikansk*]

TV-program

Ettermiddagsnytt
Dagsrevyen [*daksrevyen*]
Kveldsnytt [*kvelsnyt*]
Fjernsynskjøkkenet [*-çøkene*]
Fjernsynsteatret [*-teatre*]

9 C

fetter, -en, -e, -ne
slektning, -en, -er, -ene
hybel, -en, hybler, hyblene
farge-TV, -en
video, -en, -er, -ene
serie, -en, -er, -ene
stue, -a/-en, -er, -ene
hytte, -a/-en, -er, -ene
pipe, -a/-en, -er, -ene
hus, -et, -, -ene
rom, -met, -, -mene
kjøkken, -et, -, -ene [çøken]

hans
hennes
deres

leie, -er (noe av noen) [*læie*]
røyke, -er
snakke, -er (om noe)

noen ganger [*noen gaŋer*]
om kvelden [*om kvelen*]
hver [*vær*]
foran [fåran]

9 D

fotball, -en, -er, -ene
kamp, -en, -er, -ene
landskamp, -en, -er, -ene
[*lanskamp*]
program, -met, -, -ene
det programmet [*de programe*]

pleie, -er [*plæie*]
diskutere, -er
ha lyst til
å gjøre noe [*jøre*]

kort, -, -e [*kårt*]

noe bra
noe annet
jo
vel
etterpå
deretter [dæreter]
senere

Se i avisa /avisen!
Det skal bli godt! [*de ska[l] bli gåt*]

10 A

jobb, -en, -er, -ene
mil, -en, -, -ene
tid, -a/ en, -er, -ene
verksted, -et, -er, -ene
sykehus, -et, -, -ene

løpe, -er

lang, -t, -e [*laŋ*]
Hvor langt . . .? [*vor laŋt*]
hvor lang tid . . .?

dit
gratis

km = kilometer [*çilometer*]
min = minutter

10 B

gjest, -en, -er, -ene [*jest*]
hund, -en, -er, -ene [*hun*]
fritid, -a/-en, -er, -ene
i fritida /i fritiden

danse, -er
fotografere, -er
reparere, -er
slappe, -er av [*slape av/slape av*]
strikke, -er
sy, -r

10 C

kolonialbutikk, -en, -er, -ene
matbutikk, -en, -er, -ene
blomsterbutikk, -en, -er, -ene
[*blåmster-*]
blomst, -en, -er, -ene [*blåmst*]
bestefar, -en, -fedre, -fedrene
norsk-amerikaner, -en, -e, -ne

være på vei til [*væi*]
ha fri
være glad i noe [*gla*]

forskjellig, -, -e [*fårʃeli*]

butikken ligger i . . .

forresten [*fårestn*]
velkommen [*velkåmen*]
jaså
neste år

Hvordan går det?
Bare bra.
Og med deg? [*å me dæi*]

10 D

stol, -en, -er, -ene
fagforening, -a/-en, -er, -ene
lønn, -a/-en, -er, -ene
medlem, -met, -mer, -mene
arbeidstid, -a/-en, -er, -ene
bord, -et, -, -ene [*bor*]
møbler, møblene

lage, -er
tjene, -er [*çene*]
ha råd, har råd [*rå*]
være med i [*være me i*]

snart [*snart*]
ganske bra
ikke så verst [*værst*]

10 E

dag, -en, -er, -ene
oppvaskmaskin, -en, -er, -ene [*åpvaskmaʃin*]
mikrobølgeovn, -en, -er, -ene
uttale, -en
nordmann, -en, -menn, -ene [*norman*]
husmor, -a/-en, -mødre, -ene
norsklekse, -a/-en, -er, -ene [*nårsklekse*]

stelle, -er (et barn)
støvsuge, -er
vaske, -er
vaske opp [*åp*]

samme
ikke sant?

11 A

sport, -en, -er, -ene [*spårt*]
fotball, -en, -er, -ene
tennis, -en

svømme, -er, har svømt
spille, -er, har spilt
jogge, -er, har jogget
sykle, -er, har syklet
gå, går, har gått

gå på ski/skøyter [*ʃi*] [*ʃøyter*]
være interessert i noe [*int[e]resert*]
like best å gjøre noe [*jøre*]

11 B

bibliotek, -et, -, -ene

låne, -er, har lånt
snakke, -er, har snakket
være, er, har vært [*ær, vært*]
ha, har, har hatt
gjøre, gjør, har gjort [*jøre, jør, jort*]

mye
noen, noe, noen

11 C

etasje, -en, -er, -ene [*etaʃe*]
roman, -en, -er, -ene
platespiller, -en, -e, -ne
plate, -a/-en, -er, -ene
bok, -a/-en, bøker, bøkene
barnebok, -a/-en, -bøker, -bøkene
lånekort, -et, -, -ene [*-kårt*]
musikkrom, -met, -, -mene
annen etasje [*etaʃe*]

skjønne, -er, har skjønt [*ʃøne*] [*ʃønt*]
klare, -er, har klart [*klart*]
lese, -er, har lest
lære, -er, har lært [*lært*]
spare, -er, har spart [*spart*]

ha besøk
gi beskjed til noen [*ji beʃe*]
ha råd til noe [*ha rå*]
lese høyt

hyggelig, -, -e [*hygeli*]
forkjølet, -, -e [*fårçølet*]
lett, -, -e
utenlandsk, -, -e [*utenlansk*]

ellers [*elers*]
utenfor [*utenfår*]
både . . . og [*både . . åg*]
en = man
på den måten

11 D
svømmehall, -en, -er, -ene
idrettsklubb, -en, -er, -ene
meter, -en, -, -ne
trening, -a/-en [*treniŋ*]

tenke, -er, har tenkt [*teŋke, teŋt*]
bade, -er, har badet

våt, -t, -e [*våt, våt, våte*]

hit
helst
selvfølgelig [*selfølgeli*]
om sommeren [*om såmeren*]
[*om såmern*]
en eller annen, ei eller annen, et eller annet
for å gjøre noe [*får å jøre noe*]

12 A
huske, -er, husket, har husket

i går

Mat

fisk, -en
torsk, -en [*tårsk*]
kjøtt, -et [*çøt*]
kylling, -en, -er, -ene [*çyliŋ*]
frukt, -en
drue, -a/-en, -er, -ene
grønnsaker, -ne
tomat, -en, -er, -ene
agurk, -en, -er, -ene
salat, -en
paprika, -en, -er, -ene
potet, -a/-en, -er, -ene
melk, -a/-en
helmelk
lettmelk
skummet melk [*skomet*]
brød, -et [*brø*]
loff, -en, -, -ene
grovbrød, -et, -, -ene
[*gråvbrø*]
olje
smør
spagetti [*spageti*]
søtsaker

12 B
tilbud, -et, -, -ene
uke, -a/-en, -er, -ene

pr. = per [*pær*]
stk. = stykk

handle, -er, handlet, har handlet

fersk, -t, -e [*færsk*]
frossen, -t, frosne [*fråsen*]

12 C

fruktdisk, -en, -er, -ene
grønnsakdisk, -en, -er, -ene
bærepose, -en, -er, -ene
vare, -en, -er, -ene
pakke, -a/-en, -er, -ene
kasse, -a/-en, -er, -ene

hoste, -er, hostet, har hostet

syk, -t, -e
dyr, -t, -e
hvit, -t, -e [*vit, vit, vite*]
grov, -t, -e [*gråv*]
sunn, sunt, sunne
liten, lita/liten, lite, små
forbauset, -, -e [*fårbæuset*]
lettet, -, -e

på hjemveien [*på jemvæien*]

Tenk at . . . [*teŋk at*]
mer
i stedet [*i stede*]
virkelig [*virkeli*]
nok [*nåk*]

13 A

Yrker

bilmekaniker, -en, -e, -ne
fabrikkarbeider, -en, -e, -ne [*-arbæider*]
tannlege, -en, -er, -ene
bonde, -en, bønder, bøndene [*bone, bøner, bønene*]
sykepleier, -en, -e, -ne [*-plæier*]
prest, -en, -er, -ene
fysioterapeut, -en, -er, -ene [*fysioterapæut*]

matematikk, -en
gård, -en, -er, -ene [*går*]
kirke, -a /-en, -er, -ene [*çirke*]
utdanning, -a /en [*utdaniŋ*]

jobbe, -er, -et, -et [*jåbe*]

arbeidsledig, -, -e [*arbæi(d)sledi*]

på landet [*på lane*]

13 B

by, -en, -er, -ene
arbeidsdag, -en, -er, -ene
ettermiddag, -en, -er, -ene
helg, -a/-en, -er, -ene
barnebarn, -et, -, -a

de gamle

flytte, -er, -et, -et
arbeide som praktikant
få besøk

tung, -t, -e [*toŋ*]
trøtt, -, -e
tidlig, -, -e [*tili*]
gammel, -t, gamle
rar, -t, -e

et par
flere
for . . . siden [*får*]

13 C

onkel, -en, onkler, onklene [*oŋkel*]
grunn, -en, -er, -ene
drøm, -men, -mer, -mene
83-modell [*åtitre-modell*]

reparere, -er, -te, -t
flykte, -er, -et, -et

håpe, -er, -et, -et
starte, -er, -et, -et [*starte*]

politisk, -, -e

egen, eget, egne
alt

14 A-C

telefonsamtale, -en, -er, -ene
telefonkiosk, -en, -er, -ene [*-çåsk*]
(hus)leie, -a/-en, -er, -ene [*læie*]
lunsj, -en, -er, -ene [*lønʃ*]
heis, -en, -er, -ene [*hæis*]
pizza, -en, -er, -ene [*pitsa*]
avtale, -en, -er, -ene
seng, -a/-en, -er, -ene [*seŋ*]
diskotek, -et, -, -ene
mord, -et, -, -ene
liv, -et

plystre, -er, -et, -et
hende, -er, -te, -t [*hene*]
glemme, -er, glemte, glemt

stengt, -, -e [*steŋt*]
åpen, -t, åpne
spennende, -, - [*spenene*]

veldig [*veldi*]
egentlig [*egentli*]
plutselig [*plutseli*]
til helga/til helgen

Et øyeblikk!
Vent litt!
Det er ikke verst! [*de ær ikeværst*]
Hallo!

15 A

dusj, -en, -er, -ene [*duʃ*]
balkong, -en, -er, -ene [*balkåŋ*]
kvadratmeter, -en, -, -ne

en leilighet på 100 kvadratmeter
[*læilihet*]

betale i leie [*læie*]

moderne, -, - [*modærne*]
møblert, -, -e [*møblert*]

i måneden = pr. måned [*pær*]

Hvor høy . . .? [*vor høy*]
Hvor mange . . .? [*vor maŋe*]

Rommene i en leilighet
[*læilighet*]

kjøkken, -et, -, -ene [*çøken*]
gang, -en, -er, -ene [*gaŋ*]
stue, -a/-en, -er, -ene
soveværelse, -et, -er, -ene [*såve-*]
bad, -et, -, -ene

15 C

sønn, -en, -er, -ene
annonse, -en, -er, -ene [*anåŋse*]
gate, -a/-en, -er, -ene

invitere, -er, -te, -t
ønske, -er, -et, -et

sentral, -t, -e

til leie [*læie*]
kveld etter kveld [*kvel*]
til slutt

15 D

stemme, -er, stemte, har stemt
passe, -er, -et, -et

Det stemmer
Det passer bra

ledig, -, -e [*ledi*]

Det gjelder . . . [*de jeler*]
La meg se [*la mæi se*]
Hva var navnet? [*va var navne*]

i ettermiddag
første februar [*føɽste*]

15 E

en lenestol, -en, -er, -ene
vegg, -en, -er, -ene
et skrivebord, -et, -, -ene [*-bor*]
vindu, -et, -er, -ene
bilde, -et, -er, -ene
teppe, -et, -er, -ene

henge, -er, hang, har hengt [*heŋe*]
gå inn i

mørk, -t, -e
lys, -t, -e
umoderne, -, - [*umodæɽne*]
nydelig, -, -e [*nydeli*]
stygg, stygt, stygge

til høyre for
til venstre for
ved siden av [*ve sid(e)n av*]
over [*åver*]
under [*uner*]

16 A-C

reisekamerat, -en, -er, -ene [*ræise-*]
restaurantvogn, -a/-en, -er, -ene
[*resturaŋvåŋn*]
kupé, -en, -er, -ene
plass, -en, -er, -ene
plassbillett, -en, -er, -ene
legitimasjon, -en, -er, -ene
[*legitimaʃon*]

buss-stasjon, -en, -er, -ene
[*bustaʃon*]
tog, -et, -, -ene [*tåg*]
morgentog, -et, -, -ene [*mårentåg*]
natt-tog, -et, -, -ene [*natåg*]
rabattkort, -et, -, -ene [*rabatkåɽt*]

De – Dem [*di-dem*]
denne, dette, disse

trenge, -er, -te, -t [*treŋe*]
stoppe, -er, -et, -et
hjelpe, -er, hjalp, hjulpet [*jelpe*]
ta toget til et sted
[*ta tåge til et sted*]

nødvendig, -, -e, [*nødvendi*]

midt på dagen [*mit på dagen*]
ved skolen [*ve skolen*]

framme
allerede
fort [*foɽt*]
når

siste buss
bussen går til . . .
en tur-retur Bergen
ikke-røyker
bedre plass

17 A-B

idé, -en, -er, -ene
strand, -en, strender, strendene
[*stran, strener*]
badeball, -en, -er, -ene
flaskeåpner, -en, -e, -ne
flaske, -a/-en, -er, -ene
nese, -a/-en, -er, -ene
badetøy, -et

barn, -et, -, -a [*barn*]
folk, -et
blad, -et, -, -ene [*bla*]
kaffe på termos

kjøre, -er, -te, -t, [*çøre*]
trene, -er, -te, -t
overtale, -er, -te, -t [*åvertale*]
spille, -er, -te, -t (badminton) [*bædminton*]
våkne, -er, -et, -et
vekke, -er, -et, -et
pakke, -er, -et, -et
sitte, -er, satt, har sittet
drikke, -er, drakk, har drukket [*droket*]
synes, -, syntes, har synes
dra, -r, drog, har dradd/dratt
dra ut [*dra ut*] [*dra ut*]
ha med noe [*ha me noe*] [*ha me noe*]
gå ut i vannet [*vane*]
ha vondt [*ha vont*]

tykk, tykt, tykke
herlig, -, -e, [*hærli*]
kjempekald, -t, -e [*çempekal*]
solbrent, -, -e
super, -t, supre
sulten, -t, sultne
gøy

rød som . . . [*rø såm*]
etter en stund [*stun*]
likevel
ute

For en herlig dag! [*får en hærli dag*]
for en/ei/et/noen . . .
Uff!

18 A-B

herre, -en, -er, -ene [*hære*]
inngang, -en, -er, -ene [*ingaŋ*]
utgang, -en, -er, -ene [*utgaŋ*]
nødutgang, -en, -er, -ene [*nødutgaŋ*]
vei, -en, -er, -ene
skilt, -et, -, -ene [*ʃilt*]
lys, -et, -, -ene
bilbelte, -et, -er, -ene

gratulere, -er, -te, -t
svinge, -er, -te, -t [*sviŋe*]
parkere, -er, -te, -t

kjøre forbi [*çøre fårbi*]
være glad i noen [*være gla i noen*]
se . . . ut
gå over gata [*gå åver gata*]

forsiktig, -, -e [*fårsikti*]
opptatt, -, -e

rett fram
før
over = mer enn [*åver*]
km/time [*çilometer pær time*]

Adgang forbudt! [*adgaŋ fårbut*]
Røyking forbudt! [*røykiŋ fårbut*]
Gratulerer med ny bil!
Så fin ... du har!

18 C

bruktbil, -en, -er, -ene
biltur, -en, -er, -ene
merke, -et, -er, -ene [*mærke*]

prøvekjøre, -er, -te, -t [*prøveçøre*]
sammenlikne, -er, -et, -et
tro, -r, -dde, -dd
få kjøre [*få çøre*]

omtrent
vel
jo

på avbetaling [*på avbetaliŋ*]
kontant
i god stand [*i go stan*]

18 D

trafikk, -en
ball, -en, -er, -ene

mase, -er, -te, -t
sette, -er, satte, har satt
sette på radioen [*sete på radjon*]
[*sete på radjon*]
kjøre i 50 (kilometer pr. time)
[*çøre i femti çilometer pær time*]

redd, -, -e
smal, -t, -e
fryktelig, -, -e [*frykteli*]

ingen, ikke noe, ingen
dem

sånn
altfor [*altfår*]

på landet [*på lane*]
Se der! [*se dær*]
. . . er du snill! [*ær du snil*]

18 E

prosent, -en, -er, -ene

oss [*ås*]
de fleste [*di fleste*]
annet, annet, andre

hindre, -er, -et, -et
ta på . . .[*ta på*] [*ta på*]
være sikker på noe

sakte
bak
bedre enn

19 A

tannpine, -en
tablett, -en, -er, -ene
tann, -a/-en, tenner, -ene

frisk, -t, -e

Jeg har vondt [*jæi har vont*]
Det gjør vondt [*de jør vont*]
Stakkars deg [*stakars dæi*]
God bedring [*go bedriŋ*]
Så synd at . . . [*så syn at*]

19 B

formann, -en, -menn, -ene
[*fårman*]
pasient, -en, -er, -ene
telefonliste, -a/-en, -er, -ene
nummer, -et, -/numre, numrene
[*nomer*]
oktober

holde, -er, holdt, holdt [*håle*]
holde på å gjøre noe [*håle på*]
[*håle på*]
bestille, -er, -stilte, -stilt
bestille time hos noen

vanskelig, -, -e, [*vanskeli*]

fortsatt [*fårtsat*]
for [*får*]

Takk skal du ha!

19 C-D

sjef, -en, -er, -ene [*ʃef*]
assistent, -en, -er, -ene

munn, -en, -er, -ene
ventetid, -a/-en, -er, -ene
hull, -et, -, -ene
venteværelse, -et, -er, -ene
tredje etasje [*etaʃe*]
august [*æugust*]

anbefale, -er, -te, -t
unnskylde, -er, -te, -t [*unʃyle*]
undersøke, -er, -te-t [*unerʃøke*]
plombere, -er, -te, -t
skylle, -er, -te, -t [*ʃyle*]
bedøve, -er, -et /de, -et /-d
få time

svært [*svært*]
opp [*åp*]

Når er du født? [*når ær du føt*]
Vær så snill og . . . [*å*]
et par hull til

20 A

politiker, -en, -e, -ne
politikk, -en
ferie, -en, -er, -ene
båt, -en, -er, -ene
hilsen, -en, -er, -ene
klem, -men, -mer, -mene
kyss, -en/-et, -, -ene [*çys*]
venninne, -a/-en, -er, -ene
reise, -a/-en, -er, -ene [*ræise*]
hotell, -et, -, -ene
telt, -et, -, -ene
fly, -et, -, -ene
hjemland, -et, -, -ene [*jemlan*]
Nord-Norge [*nornårge*]

bruke, -er, -te, -t
bruke opp pengene [*peŋene*]

kjedelig, -, -e [*çedeli*]

kjekk, kjekt, kjekke [*çek*]
kjent, -, -e [*çent*]
vennlig, -, -e [*venli*]

kjære . . . (i brev) [*çære*]

20 B

utlending, -en, -er, -ene [*utleniŋ*]
nevø, -en, -er, -ene
eier, -en, -e, -ne [*æier*]
fest, -en, -er, -ene
laks, -en, -er, -ene
krem, -en
nyhet, -en, -er, -ene
tale, -en, -er, -ene
kniv, -en, -er, -ene
gaffel, -en, gafler, gaflene
tradisjon, -en, -er, -ene [*tradiʃon*]
bordplassering, -a /-en [*borplaseriŋ*]
jordbær, -et, -, -ene [*jorbær*]
selskap, -et, -, -ene
jordbruk, -et [*jorbruk*]

besøke, -er, -te, -t
fylle, -er, fylte, fylt (fylle år)
takke, -er, -et, -et
trives, -,trivdes, trives
skrive, -er, skrev, skrevet
fortelle, -er, -talte, -talt [*fårtele*]
hilse velkommen [*velkåmen*]
være usikker på noe
være forelsket i noen [*fårelsket*]

formell, formelt, formelle [*fårmel*]

sist
slik som
mer . . . enn
mens
da

21 A-B

vekkerklokke, -a/-en, -er, -ene [*vekerklåke*]
matpakke, -a/-en, -er, -ene
veske, -a/-en, -er, -ene
håndkle, -et, -klær, -ne [*hånkle*/*håŋkle*]
yttertøy, -et
barneværelse, -et, -er, -ene

stille, -er, stilte, stilt
barbere, -er, -te, -t; barbere seg [*sæi*]
rope, -er, -te, -t
skynde, -er, -te, -t; skynde seg [*ʃyne sæi*]
vaske, -er, -et, -et; vaske seg
pusse, -er, -et, -et; pusse tennene
tappe, -er, -et, -et; tappe i vann [*tape i*/*tape i*]
tørke, -er, -et, -et
gre, -r, gredde, gredd
kle, -r, kledde, kledd
vite, vet, visste, visst
sove, -er, sov, sovet [*såve*]
sette, -er, satte, satt; sette seg
legge, -er, la, lagt
legge noe ned i veska
ta på seg [*ta på sæi*/*ta på sæi*]
gå på arbeid

gal, -t, -e
våken, -t, våkne
våt, -t, -e [*våt*, *våt*, *våte*]

stille
som [*såm*]
uten å gjøre noe [*jøre*]

22 A

fotballkamp, -en, -er, -ene
park, -en, -er, -ene
hode, -et, -er, -ene

sparke, -er, -et, -et
sparke fotball
gå i teateret [*teatere*]
gå i butikker
gjøre leksene

interessant, -, -e [*int(e)resaŋ*]
romantisk, -, -e
sentimental, -t, -e
alvorlig, -, -e [*alvoɭi*]
kjempegod, -t, -e [*çempego*]
middels bra
meget god [*go*]

med en gang [*me en gaŋ*]
ingenting [*iŋentiŋ*]
sent

22 B-C

kollega, -en, kolleger, kollegene
baby, -en, -er, -ene [*beibi*]
skitur, -en, -er, -ene [*ʃitur*]
lærerfest, -en, -er, -ene
komedie, -en, -er, -ene
forestilling, -a/-en, -er, -ene [*fårestiliŋ*]
møte, -et, -er, -ene

komme innom [*kåme inom*]
gå ut

voksen, -t, voksne [*våksen*]

hele skolen

hvis [*vis*]
som [*såm*]

en håndfull . . . [*en hånful*]
Det er i orden [*de ær iården*]

22 D-E

reklamefilm, -en, -er, -ene
billett, -en, -er, -ene
kø, -en, -er, -ene
vold, -en [*vål*]
fotografering, -a/ -en
pølse, -a/-en, -er, -ene
middagsbord, -et, -, -ene [*-bor*]
kjøleskap, -et/-, -ene [*çøleskap*]
foreldre, -ne

spandere, -er, -te, -t
koke, -er, -te, -t
bestemme, -er, bestemte, bestemt
løpe, -er, løp, løpt
vinne, -er, vant, vunnet
komme rett fra noe [*kåme*]
stille seg i køen [*sæi*]

23 A-B

barnehage, -en, -er, -ene
fotoalbum, -et, -, -ene
yndlingsbilde, -et, -er, -ene

Slektninger

sønn, -en, -er, -ene
datter, -a/-en, døtre, -ene

svigerfar, -en, -fedre, -ene
svigermor, -a/-en, -mødre, -ene

svoger, -en, svogrer, -ne
[*svåger*]
svigerinne, -a/-en, -er, -ene

nevø, -en, -er, -ene
niese, -a/-en, -er, -ene

bror, -en, brødre, -ne
søster, -a/-en, søstre, -ne

onkel, -en, onkler, onklene
[*ongkel*]
tante, -a/-en, -er, -ene

fetter, -en, fettere, -ne
kusine, -a/-en, -er, -ene

23 C

sofa, -en, -er, -ene
fotografi, -et, -er, -ene
gulv, -et, -, -ene
briller, brillene

likne, -er, -et, -et (på)

høy, -t, -e
kraftig, -, -e [*krafti*]
grå,grått,grå(e)

like . . . som [*såm*]
tidligere [*tiliere*]
unntatt

23 D

kamerat, -en, -er, -ene
hage, -en, -er, -ene
lommebok, -a/-en, -bøker,
-bøkene
album, -et, -, -ene

sole, -er, -te, -t; sole seg [*sæi*]
hoppe, -er, -et, -et [*håpe*]
hoppe tau [*håpe tæu*]

slanke, -er, -et, -et; slanke seg
[*slaŋke sæi*]
rødme, -er, -et, -et

flink, -t, -e [*fliŋk*]
sur, -t, -e
søt, -t, -e
krøllet, -, -e
kjempebra [*çempebra*]
full, -t, -e (av)

nemlig [*nemli*]
til og med [*til å me*]

24 A

meny, -en, -er, -ene
forrett, -en, -er, -ene [*fåret*]
hovedrett, -en, -er, -ene
dessert, -en, -er, -ene [*desær*]

smake, -er, -te, -t

indisk, -, -e

ikke noe særlig [*særli*]

Mat

asparges, -en, -er, -ene
rekesalat, -en, -er, -ene
ørret, -en, -er, -ene
oksefilét, -en, -er, -ene [*oksefile*]
svinekotelett, -en, -er, -ene
[*svinekåtelet*]
lammestek, -en, -er, -ene
kyllinggryte, -a/-en, -er, -ene
[*çyliŋgryte*]
suppe, -a/-en, -er, -ene
sjampinjongsuppe, -a/-en, -er,
-ene [*ʃampinjåŋsupe*]
eplekake, -a/-en, -er, -ene
is, -en

kokt mat
stekt mat
røkt mat
grillet mat

24 B-D

kelner, -en, -e, -ne
lettøl, -en
fødselsdag, -en, -er, -ene
tanke, -en, -er, -ene [*taŋke*]
intuisjon, -en [*intuiʃon*]
regning, -a/-en, -er, -ene
[*ræiniŋ*]
barnevakt, -a/-en, -er, -ene
bløtkake, -a/-en, -er, -ene
restaurantbesøk, -et, -, -ene
[*resturaŋ*]
mineralvann, -et

kose, -er, -te, -t; kose seg
pynte, -er, -et, -et; pynte seg
merke, -er, -et, -et [*mærke*]
velge, -er, valgte, valgt
le, -r, lo, ledd
gi, -r, gav, gitt; gi seg [*ji, jir, ga, jit*] [*ji sæi*]
bestemme seg for å gjøre noe
[*besteme sæi får å jøre noe*]
bestille bord [*bestile bor*]

bli noe mellom . . . og . . .
Det høres . . . ut [*de høres . . . ut*]

utmerket, -, -e [*utmærket*]
halv, -t, -e [*hal*]

nettopp
derfor [*dærfår*]
samme . . . som [*såm*]

25 A

vinterferie, -en, -er, -ene
årstid, -a/-en, -er, -ene [*årstid*]
nyttårsaften, -en, -aftener, -aftenene [*nytårsaften*]
nyttårsdag, -en, -er, -ene [*nytårsdag*]
sankthansaften, -en, -aftener, -aftenene

Fire årstider

vinter, -en, vintrer, vintrene
vår, -en, -er, -ene
sommer, -en, somrer, somrene [*såmer, såmrer, såmrene*]
høst, -en, -er, -ene

Kirkens høytider [*çirkens*]

jul	julaften
	1. juledag
	2. juledag
påske	skjærtorsdag [*ʃærtårsdag*]
	langfredag
	påskeaften
	1. påskedag
	2. påskedag
pinse	pinseaften
	1. pinsedag
	2. pinsedag

25 B

formiddag, -en, -er, -ene [*fårmidag*]
snø, -en
nyttårsfest, -en, -er, -ene [*nytårsfest*]
sankthansfest, -en, -er, -ene
julegave, -en, -er, -ene
presang, -en, -er, -ene [*presaŋ*]
gitar, -en, -er, -ene
lommekniv, -en, -er, -ene
ribbe, -a/-en, -er, -ene
dagbok, -a/-en, -bøker, -bøkene
side, -a/-en, -er, -ene
tromme, -a/-en, -er, -ene
land, -et, -, -ene [*lan*]
språk, -et, -, -ene
skirenn, -et, -, -ene [*ʃiren*]
bål, -et, -, -ene

sin, sitt, sine [*sin, sit, sine*] [*sin, sit, sine*]

gjette, -er, -et, -et [*jete*]
grille, -er, -et, -et
synge, -er, sang, sunget [*syŋe, saŋ, soŋet*]
få noe i julegave
kjøre slalåm [*çøre*]
gå i 1. mai-tog [*første mai-tåg*]
ha skolefri

slitsom, -t, -me [*slitsåm*]
unødvendig, -, -e [*unødvendi*]

endelig [*endeli*]
i morges [*i måres*]
ettersom [*etersåm*]
rundt [*runt*]

Godt nyttår! [*gått nytår*]
Hurra!
Gratulerer med dagen!
masse = mye

oppover [*opåver*]
nedover [*nedåver*]
fremover [*fremåver*]
bakover [*bakåver*]

26 A-C

bakke, -en, -er, -ene
utsikt, -en, -er, -ene
fot, -en, føtter, føttene
støvel, -en, støvler, støvlene
anorakk, -en, -er, -ene
vott, -en, -er, -ene
stemme, -en, -er, -ene
feil, -en, -, -ene [*fæil*]
ski, -a/-en, -, -ene [*ʃi*]
akebrett, -et, -, -ene
fjes, -et, -, -ene

varme, -er, -et, -et
øve, -er, -de, -d
gli, -r, glei/gled, glidd
falle, -er, falt, falt
le av noe
være i veien [*væien*]
komme til å gjøre noe [*kåme til å jøre noe*]

sliten, -t, slitne
glatt, -, -e
dum, -t, -me [*dom*]
sint, -, -e
spesiell, spesielt, spesielle
moro = morsomt

i hele fjeset [*fjese*]
på fjellet [*på fjele*]

sikkert [*sikert*]
Det gjør ingenting [*de jør iŋentiŋ*]

27 A-B

hals, -en, -er, -ene
hodepine, -en
fylling, -a/-en, -er, -ene [*fyliŋ*]
salve, -a/-en, -er, -ene
saks, -a/-en, -er, -ene
termometer, -et, -metre, -metrene
resept, -en, -er, -ene
gift, -en, -er, -ene [*jift*]
hostesaft, -a/-en
øye, -et, øyne, -ene
plaster, -et, -, plastrene
vitamin, -et, -er, -ene

føle, -er, -te, -t; føle seg [*sæi*]
kaste, -er, -et, -et; kaste opp
miste, -er, -et, -et
slå, -r, slo, slått
slå av TV-en
ha feber
holde på å bli . . . [*håle på å bli*] [*håle på å bli*]

urolig, -, -e [*uroli*]
smertestillende, -, [*smertestilene*]

27 C

legevakt, -en
influensa, -en
kriminalroman, -en, -er, -ene

kassett, -en, -er, -ene
saus, -en, -er, -ene [*sæus*]
prøve, -a/-en, -er, -ene
apotek, -et, -, -ene
38 (grader) i feber [*tretiåte*]
lag, -et, -, -ene

humoristisk, -, -e
sann, sant, sanne
snill, snilt, snille
feberfri, -tt, -e
enig, -, -e [*eni*]

(alt)for syk til å gjøre noe
lese ut ei/en bok
ha humoristisk sans
synes synd på noen [*synes syn på noen*]
holde noen borte fra noen [*håle noen borte*]

bli smittet
spille ishockey [*ishåki*]
komme i form [*kåme i fårm*]
ha tid til noe [*ha ti(d) til noe*]

28 A

Skolefag

norsk [*nårsk*]
samfunnsfag
kristendom [*-dåm*]
maskinskriving
fremmedspråk
matematikk
naturfag
gymnastikk
forming [*fårmiŋ*]

Skoler

førskole
grunnskole
barneskole
ungdomsskole [*ondåmskole*]
videregående skole [*-gåene*]
folkehøyskole
høyskole
universitet

sommerferie, -en, -er, -ene [*såmerferie*]
påskeferie, -en, -er, -ene
daghjem, -met, -, -mene [*dagjem*]

obligatorisk, -, -e
frivillig, -, -e [*frivili*]
ca. = cirka

28 B-C

muslim, -en, -er, -ene
kommune, -en, -er, -ene
tannpleie, -en
helsekontroll, -en
ting, -en, -, -ene
begynnelse, -en [*bejynelse*]
rideskole, -en, -er, -ene
undervisning, -a/-en [*undervisniŋ*]
morsmålsundervisning, -a/-en [*morsmålsunervisniŋ*]
linje, -a/-en, -er, -ene
fag, -et, -, -ene
friminutt, -et, -er, -ene
foreldremøte, -et, -er, -ene
arbeidsliv, -et

ri, -r, red, ridd
fortsette, -er, -satte, -satt *[fårtsete]*
overdrive, -er, -drev, -drevet *[åverdrive]*
bli kjent med *[bli çent me]*
gå ut i arbeidslivet

valgfri, -tt, -e
fritatt, -, -e
praktisk, -, -e
teoretisk, -, -e
tysk

spesielt

29 A

innbygger, -en, -e, -ne
innvandrer, -en, -e, -ne
turist, -en, -er, -ene
turisme, -en
industri, -en
handel, -en
skipsfart, -en *[ʃipsfart]*
jernbanestasjon, -en *[jærnbanestaʃon]*
moské, -en, -er, -ene *[moske]*
landsby, -en, -er, -ene *[lansby]*
bygd, -a/-en, -er, -ene
bygning, -a/-en, -er, -ene *[bygniŋ]*
rådhus, -et, -, -ene
konserthus, -et, -, -ene *[konsærthus]*
slott, -et, -, -ene *[slåt]*
fiske, -et
håndverk, -et *[hånværk]*
klima, -et
uttrykk, -et, -, -ene

vokse, -er, -te, -t; vokse opp *[våkse]*
leve, -er, -de, -d
leve av noe

få = ikke mange *[maŋe]*

29 B-C

vikar, -en, -er, -ene
sjømann, -en, -menn, -mennene *[ʃøman]*
søsken, søsknene
sjø, -en *[ʃø]*
handelsby, -en, -er, -ene
turistby, -en, -er, -ene
kontakt, -en
kunst, -en
hjem, -met, -, -mene *[jem]*
festspill, -et, -, -ene
handelssenter, -et
fisketorg, -et, -, -ene
utland, -et *[utlan]*
sjømannsliv, -et
(examen) artium *[artsium]*
Vestlandet *[vestlane]*

gifte, -er, -et, -et; gifte seg *[jifte sæi]*
eie, -er, -de, -d *[æie]*
dra til sjøs *[ʃøs]*
bli arrangert *[bli araŋʃert]*

viktig, -, -e *[vikti]*
levende, -, - *[levene]*
populær, -t, -e

nest størst *[størst]*
fra 1100-tallet *[fra elvehundretale]*
i slutten av noe

fordi *[fårdi]*

30 A-B

sekretær, -en, -er, -ene
legesekretær, -en, -er, -ene
personalsjef, -en, -er, -ene [-*ʃef*]
bedrift, -en, -er, -ene

klare, -er, -te, -t
klare seg [*sæi*]
savne, -er, -et, -et
arbeide utenfor hjemmet [*utenfår jeme*]
ta seg av noen [*sæi*]

uenig, -, -e [*ueni*]
yrkesaktiv, -t, -e

ekstra

30 C

dagmamma, -en
nabo, -en, -er, -ene
hjelp, -en [*jelp*]
råd, -et, -, -ene
spørsmål, -et, -, -ene [*spørsmål*]
svar, -et, -, -ene
fritidshjem, -met, -, -mene [*fritidsjem*]

gi noen et råd [*ji noen et råd*]
få plass på . . .

isolert, -, -e
død, -t, -e [*dø*]

trolig [*troli*]

Minigrammatikk

Substantiv

	Entall		Flertall	
	ubestemt	**bestemt**	**ubestemt**	**bestemt**
Hankjønn	en gutt en kjole	gutt**en** kjol**en**	gutt**er** kjol**er**	gutt**ene** kjol**ene**
Hunkjønn	ei/en jente ei/en lue	jent**a**/jent**en** lu**a**/lu**en**	jent**er** lu**er**	jent**ene** lu**ene**
Intetkjønn	et bord et frimerke	bord**et** frimerk**et**	bord frimerk**er**	bord**ene** frimerk**ene**

Unntak **hankjønn**

a Ord på -er	en lærer en genser	lærer**en** genser**en**	lærer**e** genser**e**	lærer**ne** genser**ne**
b Ord på -el	en onkel en hybel	onkel**en** hybel**en**	onkl**er** hybl**er**	onkl**ene** hybl**ene**
c Noen ord får ny vokal i flertall	en mann en bror en far en bonde	mann**en** bror**en** far**en** bond**en**	m**e**nn br**ø**d**re** f**e**d**re** b**ø**nd**er**	m**e**nn**ene** br**ø**d**rene** f**e**d**rene** b**ø**nd**ene**
d Noen ord er like i entall og flertall, ubest. form	en sko en ting en feil	sko**en** ting**en** feil**en**	**sko** **ting** **feil**	sko**ene** ting**ene** feil**ene**

Unntak **hunkjønn**

Noen ord får ny vokal i flertall	ei/en bok	bok**a/-en**	b**ø**k**er**	b**ø**k**ene**
	ei/en tann	tann**a/-en**	t**e**nn**er**	t**e**nn**ene**
	ei/en mor	mor**a/-en**	m**ø**d**re**	m**ø**d**rene**
	ei/en datter	datter**a/-en**	d**ø**t**re**	d**ø**t**rene**

Unntak **intetkjønn**

Noen ord får **a** i best. form flertall	et barn	barn**et**	barn	barn**a**

Verb

REGELRETTE VERB

Gruppe	Infinitiv	Presens	Preteritum	Perfektum
1	å spise	spiser	spiste	har spist
2	å snakke	snakker	snakket	har snakket
3	å leie	leier	leide	har leid
4	å bo	bor	bodde	har bodd

UREGELRETTE VERB

å bli	blir	ble	har blitt
å dra	drar	drog	har dradd/dratt
å drikke	drikker	drakk	har drukket
å falle	faller	falt	har falt
å finne	finner	fant	har funnet
å forstå	forstår	forstod	har forstått
å fortelle	forteller	fortalte	har fortalt
å fortsette	fortsetter	fortsatte	har fortsatt
å få	får	fikk	har fått
å gi	gir	gav	har gitt
å gjøre	gjør	gjorde	har gjort

å gli	glir	glei/gled	har glidd
å gå	går	gikk	har gått
å ha	har	hadde	har hatt
å henge	henger	hang	har hengt
å hete	heter	het	har hett
å hjelpe	hjelper	hjalp	har hjulpet
å holde	holder	holdt	har holdt
å komme	kommer	kom	har kommet
å le	ler	lo	har ledd
å legge	legger	la	har lagt
å ligge	ligger	lå	har ligget
å løpe	løper	løp	har løpt
å overdrive	overdriver	overdrev	har overdrevet
å ri	rir	red	har ridd
å se	ser	så	har sett
å sette	setter	satte	har satt
å si	sier	sa	har sagt
å sitte	sitter	satt	har sittet
å skrive	skriver	skrev	har skrevet
å slå	slår	slo	har slått
å sove	sover	sov	har sovet
å spørre	spør	spurte	har spurt
å stå	står	stod	har stått
å synes	syn(e)s	syntes	har syn(e)s
å synge	synger	sang	har sunget
å ta	tar	tok	har tatt
å treffe	treffer	traff	har truffet
å trives	triv(e)s	trivdes	har triv(e)s
å velge	velger	valgte	har valgt
å vinne	vinner	vant	har vunnet
å vite	vet	visste	har visst
å være	er	var	har vært

HJELPEVERB

å kunne	kan	kunne	har kunnet
å måtte	må	måtte	har måttet
å skulle	skal	skulle	har skullet
å ville	vil	ville	har villet

Adjektiv

Entall		Flertall	
ubestemt	**bestemt**	**ubestemt**	**bestemt**
en **gul** stol	den **gule** stolen	**gule** stoler	de **gule** stolene
ei/en **gul seng**	**den gule** senga/-en	**gule** senger	de **gule** sengene
et **gult** bord	det **gule** bordet	**gule** bord	de **gule** bordene

Stolen er **gul.** Stolene er **gule.**
Senga/sengen er **gul**. Sengene er **gule.**
Bordet er **gult.** Bordene er **gule.**

Unntak

	Hankjønn	Hunkjønn	Intetkjønn
a Adj. på **-ig** og **-sk** får ikke **-t** i intetkjønn	en bill**ig** stol en led**ig** hybel en herl**ig** dag en nor**sk** venn en prakti**sk** far	ei/en bill**ig** seng ei/en led**ig** hytte ei/en herl**ig** suppe ei/en nor**sk** bok ei/en prakti**sk** lue	et bill**ig** bord et led**ig** hus et herl**ig** vær et nor**sk** navn et prakti**sk** kurs
b Adj. på **-t** får ikke ny **-t** i intetkjønn	en svar**t** bil en gif**t** mann en flot**t** dag	ei/en svar**t** lue ei/en gif**t** dame ei/en flot**t** kåpe	et svar**t** belte et gif**t** par et flot**t** skjørt
c Adj. på trykksterk vokal får dobbel **-t** i intetkjønn	en ny kopp en fri mann en blå kjole	ei/en ny bok ei/en fri jente ei/en blå kåpe	et ny**tt** glass et fri**tt** folk et blå**tt** slips

a Bordet er billig. Navnet er spansk.
b Skjørtet er kort. Rommet er møblert.
c Frimerket er nytt. Folket er fritt.

Merk disse adjektivene

a adjektiv på -**er**, -**el** og -**en**:

en vakk**er** dag	den vak**re** dagen	vak**re** dager	de vak**re** dagene
ei* vakk**er** dame	den vak**re** dama	vak**re** damer	de vak**re** damene
et vakk**ert** bilde	det vak**re** bildet	vak**re** bilder	de vak**re** bildene
en gamm**el** stol	den gam**le** stolen	gam**le** stoler	de gam**le** stolene
ei* sult**en** jente	den sult**ne** jenta	sult**ne** jenter	de sult**ne** jentene
et åp**ent** kontor	det åp**ne** kontoret	åp**ne** kontorer	de åp**ne** kontorene

b Adjektiv på -**e** bøyes ikke:

en moderne stol	den moderne stolen	moderne stoler	de moderne stolene
ei/en spennende bok	den spennende boka/-en	spennende bøker	de spennende bøkene

c Adjektivet **liten** har spesiell bøyning:

en **liten** stol	den **lille** stolen	**små** stoler	de **små** stolene
ei **lita**/en **liten** jente	den **lille** jenta/-en	**små** jenter	de **små** jentene
et **lite** bord	det **lille** bordet	**små** bord	de **små** bordene

* eller en vakk**er** dame
en sult**en** jente

GRADBØYNING AV ADJEKTIV

pen	pen**ere**	pen**est**
varm	varm**ere**	varm**est**
glad	glad**ere**	glad**est**

Unntak

a Adjektiv på **-ig** bøyes slik:

billig	billig**ere**	billig**st**
dårlig	dårlig**ere**	dårlig**st**

b Noen adjektiv er uregelmessige:

lang	lengre	lengst
ung	yngre	yngst
stor	større	størst
gammel	eldre	eldst
god, bra	bedre	best
liten	mindre	minst
mange	flere	flest
mye	mer	mest

c Noen lange adjektiv bøyes med **mer** og **mest**:

moderne	**mer** moderne	**mest** moderne
praktisk	**mer** praktisk	**mest** praktisk
spennende	**mer** spennende	**mest** spennende

Adverb

1 Eksempel på adverb:

Tid	**Sted**	**Grad**	**Måte**
nå	her	lite	slik
snart	hit	litt	sånn
først	der	nesten	
ofte	dit	ganske	
alltid	hjemme	veldig	
aldri	hjem	mye	

2 **Intetkjønnsformen av adjektiv brukes som adverb:**

Dagen er **kald** (adjektiv).	Det blåser **kaldt** (adverb).
Hun er en **god** (adjektiv) lærer.	Hun forklarer **godt** (adverb).
Han har en **pen** (adjektiv) genser.	Han kler seg **pent** (adverb).

3 **Adverb gradbøyes som adjektiv:**

fint	fin**ere**	fin**est**
godt/bra	bedre	best

Pronomen

PERSONLIGE PRONOMEN

	Subjektform	Objektform	Refleksiv form
1	jeg	meg	meg
2	du	deg	deg
3	han	ham/han	seg
	hun	henne	seg
	den	den	seg
	det	det	seg
1	vi	oss	oss
2	dere	dere	dere
3	de	dem	seg

1 Sammenlikn:

Han vasker **henne** (jenta).	**Han** vasker **seg.**
Vi kler på **dem** (barna).	**De** kler på **seg** selv.

2 Høflig form:

De – Dem Vil **De** skrive navnet her?

EIENDOMSPRONOMEN OG REFLEKSIVE PRONOMEN

	Hankjønn	Hunkjønn	Intetkjønn	Flertall
jeg	bil**en min**	bok**a mi**	hus**et mitt**	bil**ene mine**
du	bil**en din**	bok**a di**	hus**et ditt**	bøk**ene dine**
han	bil**en hans**	bok**a hans**	hus**et hans**	hus**ene hans**
	bil**en sin**	bok**a si**	hus**et sitt**	hus**ene sine**
hun	bil**en hennes**	bok**a hennes**	hus**et hennes**	bøk**ene hennes**
	bil**en sin**	bok**a si**	hus**et sitt**	bøk**ene sine**
vi	bil**en vår**	bok**a vår**	hus**et vårt**	bil**ene våre**
dere	bil**en deres**	bok**a deres**	hus**et deres**	bøk**ene deres**
de	bil**en deres**	bok**a deres**	hus**et deres**	hus**ene deres**
	bil**en sin**	bok**a si**	hus**et sitt**	hus**ene sine**

1 En bruker **min bil**, **mi bok** og **mitt hus** i stedet for **bilen min, boka mi** og **huset mitt** når en legger trykk på eiendomspronomenet:

– Det er ikke **vårt hus.**
Det er Tor Pedersen som eier det.

– Jeg kan ikke finne klokka mi.
– Er ikke dette klokka di?
– Nei, **mi klokke** er ny.

2 Høflig form:

De – Deres – Er dette **boka Deres?**

3 **Sin, si, sitt** og **sine** er refleksive:

– Kåpa til Maria er blå. Maria liker **kåpa si**. Knut liker også **kåpa hennes.**

– Knut har en bror. **Broren hans** bor i Oslo. Knut skal reise til **broren sin.**

DEMONSTRATIVE PRONOMEN

Hankjønn	Hunkjønn	Intetkjønn	Flertall
denne	denne	dette	disse
den	den	det	de

Man bruker **denne, dette** og **disse** når en snakker om noe som er nær, og **den, det** og **de** når en snakker om noe som er langt borte.

RELATIVT PRONOMEN: SOM

Jeg har en bil. Bilen er grønn.
Jeg har en bil. Den er grønn.
Jeg har en bil **som** er grønn.

– Er det din bil **som** står der borte?
– Nei, den bilen **som** er grønn, er min.
  Gutten **som** står bak bilen, heter Per.
– Jeg kjenner ham. Det er en gutt (**som**) jeg liker.

UBESTEMTE PRONOMEN

Hankjønn	Hunkjønn	Intetkjønn	Flertall
noen	noen	noe	noen
ingen	ingen	ikke noe	ingen
annen	annen	annet	andre
hver	hver	hvert	

Ubestemte pronomen er også:

det	**Det** regner.
	Det bor tre barn i dette huset.
en	**En** trenger paraply i dag.
man	**Man** trenger paraply når det regner.

Spørreord

hvem	**Hvem** kommer der?
hva	**Hva** har du gjort?
hvor	**Hvor** bor du?
hvordan	**Hvordan** kommer en til Oslo?
hvorfor	**Hvorfor** skal du reise til Oslo?
når	**Når** skal du reise?
hvilken/hvilket/hvilke	**Hvilken** tid går toget?
hvor lenge	**Hvor lenge** har du vært i Norge?

Konjunksjoner

SIDEORDNENDE KONJUNKSJONER

og	Han leser, **og** hun skriver.
eller	Du kan ta bussen, **eller** du kan gå.
men	Han ligger, **men** han sover ikke.
for	Hun legger seg, **for** hun er trøtt.
så	Jeg er trøtt, **så** jeg tar bussen.

UNDERORDNENDE KONJUNKSJONER

at	Jeg vil **at** du skal komme.
når	**Når** Per kommer, skal vi spise.
da	**Da** Tor kom hjem, laget han middag.
mens	**Mens** de spiser, snakker de.
fordi	Per vil ikke spise **fordi** han er syk.
ettersom	**Ettersom** Per er syk, spiser han ikke.
hvis	Jeg kjøper bil, **hvis** du låner meg penger.
om	**Om** du kommer, blir jeg glad.

Alfabetisk ordliste

Substantiv står oppført i ubestemt form entall, fulgt av endelsen i bestemt form entall, ubestemt og bestemt form flertall (eksempel: bil, -en, -er, -ene). I ord som ender på trykklett -e, forsvinner -e foran endelsen (eksempel: skole, -en, -er, -ene).

Verb står oppført i infinitiv, fulgt av endelsene i presens, preteritum og perfektum partisipp (eksempel: ringe, -er, -te, -t).

Adjektiv står i ubestemt form entall. Denne formen er felles for hankjønns- og hunkjønnsord. Deretter kommer formen for intetkjønn og til slutt formen for flertall (eksempel: stor, -t, -e).

Ordenes oversettelse finner du i de separate ordlistene. Tallene viser i hvilken leksjon ordet forekommer første gangen.

adgang, -en **18**
adjø **1**
adresse, -a/-en, -er, -ene **2**
agurk, -en, -er, -ene **12**
akebrett, -et, -, -ene **26**
akkurat **7**
album, -et, -, -ene **23**
aldri **9**
alene **2**
alfabet, -et **2**
alle **7**
allerede **16**
alltid **9**
alt **13**
altfor **18, 27**
alvorlig, -, -e **22**
amerikansk, -, -e **9**
anbefale, -er, -te, -t **19**
annen, annet, andre **8, 11, 18**
annonse, -en, -er, -ene **15**
anorakk, -en, -er, -ene **26**
apotek, -et, -, -ene **27**
appelsin, -en, -er, -ene **6**
arbeid, -et **5**
arbeide, -er, -et, -et **3, 13**
arbeidsdag, -en, -er, -ene **13**
arbeidsledig, -, -e **13**
arbeidsliv, -et **28**
arbeidstid, -a/-en, -er, -ene **10**
arm, -en, -er, -ene **27**
artium **29**
asparges, -en, -er, -ene **24**
assistent, -en, -er, -ene **19**
august **19**
av **10; av og til** **9**
avis, -a/-en, -er, -ene **4**
avtale, -en, -er, -ene **14**

baby, -en, -er, -ene **22**
bad, -et, -, -ene **15**
bade, -er, -et, -et **11**
badeball, -en, -er, -ene **17**
badetøy, -et **17**
badminton, -en **17**
bak **18**
bakke, -en, -er, -ene **26**
bakover **26**
balkong, -en, -er, -ene **15**
ball, -en, -er, -ene **18**
banan, -en, -er, -ene **6**
bank, -en, -er, -ene **6**
bankkort, -et, -, -ene **6**
barbere, -er, -te, -t **21**
bare **4**
barn, -et, -, -a **2, 17**

Dagsrevyen 9
dame, -a/-en, -er, -ene 4
danse, -er, -et, -et 10
datter, -a/-en, døtre, døtrene 23
De – Dem 16
de 1; **de gamle** 13
deg 8, 10
deilig, -, -e 24
dem 18
den, det, de 6, 9
denne, dette, disse 7, 16
deprimert, -, -e 7
der 4; **der borte** 4
dere 2
deres 9
deretter 9
derfor 24
dessert, -en, -er, -ene 24
dessverre 6
det 1; **Det blir** . . . 6, 9, 14, 15
Det stemmer 15
dette 1; se denne
din, di/din, ditt, dine 2, 9
diskotek, -et, -, -ene 14
diskutere, -er, -te, -t 9
dit 10
dongeribukse, -a/-en, -er, -ene 8
dra, -r, drog, har dradd/dratt 17, 29
drikke, -er, drakk, drukket 3, 17
drue, -a/-en, -er, -ene 12
drøm, -men, -mer, -mene 13
du 1
dum, -t, -me 26
dusj, -en, -er, -ene 15
dyr, -t, -e 12
død, -t, -e 30
dårlig, -, -e 7

egen, eget, egne 13
egentlig 14
egg, -et, -, -ene 4
eie, -er, -de, -d 29
eier, -en, -e, -ne 20
ekspeditrise, -a/-en, -er, -ene 8
ekstra 30
elev, -en, -er, -ene 7
eller 1
ellers 11
en = man 11; **en eller annen** 11
endelig 25
engelsk, -, -e 2
enig, -, -e 27
enn; mer/bedre . . . enn 20, 23
eple, -et, -er, -ene 6
eplekake, -a/-en, -er, -ene 24
etasje, -en, -er, -ene 11
ett; Klokka er ett 3
etter 7, 17
ettermiddag, -en, -er, -ene 13
Ettermiddagsnytt 9
etternavn, -et, -, -ene 7
etterpå 9
ettersom 25

fabrikk, -en, -er, -ene 5
fabrikkarbeider, -en, -e, -ne 13
fag, -et, -, -ene 28
fagforening, -a/-en, -er, -ene 10
falle, -er, falt, falt 26
familie, -en, -er, -ene 2
far, -en, fedre, fedrene 5
farge, -en, -er, -ene 8
farge-TV, -en 9
feber, -en 27
feberfri, -tt, -e 27
feil, -en, -, -ene 26
fem 2
ferdig, -, -e 6
ferie, -en, -er, -ene 20
fersk, -t, -e 12
fest, -en, -er, -ene 20
festspill, -et, -, -ene 29
fetter, -en, -e, -ne 9
film, -en, -er, -ene 5
fin, -t, -e 7
finne, -er, fant, funnet 4
fisk, -en, -er, -ene 12
fiske, -et 29
fiskebolle, -en, -er, -ene 4

hull, -et, -, -ene **19**
humoristisk, -, -e **27**
hun 1
hund, -en, -er, -ene **10**
hundrelapp, -en, -er, -ene **6**
hurra 25
hus, -et, -, -ene **9**
huske, -er, -et, -et **7, 12**
husleie, -a/-en **14**
husmor, -a/-en, -mødre, -mødrene **10**
hva 1, 3, 6, 7
hvem 1
hver, hvert 9, 10
hvilken, hvilket, hvilke 8
hvis 22
hvit, -t, -e **12**
hvor 1, 2, 3, 6, 10, 15
hvordan 2, 10
hvorfor 7
hybel, -en, hybler, hyblene **9**
hyggelig, -, -e **11**
hytte, -a/-en, -er, -ene **9**
høre, -er, -te, -t **9; høre på 5**
høres . . . ut 24
høst, -en, -er, -ene **25**
høy, -t, -e **23; lese høyt 11**
høyre; til høyre **4**
høyskole, -en, -er, -ene **28**
hånd, -a/-en, hender, hendene **27**
håndfull 22
håndkle, -et, -klær, -ne **21**
håndverk, -et **29**
håpe, -er, -et, -et **13**
hår, -et, -, -ene **6**

i 2, 4, 9, 12, 13, 15
iblant 9
idé, ideen, ideer, ideene **17**
idrettsklubb, -en, -er, -ene **11**
igjen 7
ikke 2, 9, 10, 24
ikke-røyker 16
indisk, -, -e **24**
industri, -en **29**
influensa, -en **27**
informasjon, -en, -er, -ene **7**
ingen, ikke noe, ingen 18
ingenting 22, 26
inn 15
innbygger, -en, -e, -ne **29**
inngang, -en, -er, -ene **18**
innvandrer, -en, -e, -ne **29**
interessant, -, -e **22**
interessert i noe 11
intuisjon, -en **24**
invitere, -er, -te, -t **15**
is, -en **4**
ishockey; spille ishockey **27**
isolert, -, -e **30**

ja 1, 4, 7
jakke, -a/-en, -er, -ene **8**
jaså 10
jazz, -en **9**
jeg 1
jente, -a/-en, -er, -ene **2**
jernbanestasjon, -en, -er, -ene **29**
jo 9, 18
jobb, -en, -er, -ene **10**
jobbe, -er, -et, -et **13**
jogge, -er, -et, -et **11**
jordbruk, -et **20**
jordbær, -et, -, -ene **20**
juice, -en **4**
jul, -a/-en, -er, -ene **25**
julaften, -en **25**
juledag 25
julegave, -en, -er, -ene **25**

kaffe, -en **4, 17**
kald, -t, -e **7**
kamerat, -en, -er, -ene **23**
kamp, -en, -er, -ene **9**
kan 2, 4; se kunne
kanskje 4
kasse, -a/-en, -er, -ene **12**
kassett, -en, -er, -ene **27**
kaste, -er, -et, -et; kaste opp **27**
kelner, -en, -e, -ne **24**

kikke, -er, -et, -et **8**
kilo, -en/-et, -, -ene **4**
kiosk, -en, -er, -ene **6**
kirke, -a/-en, -er, -ene **13**
kjedelig, -, -e **20**
kjekk, kjekt, -e **20**
kjempebra **23**
kjempegod, -t, -e **22**
kjempekald, -t, -e **17**
kjent, -, -e **20, 28**
kjole, -en, -er, -ene **8**
kjære . . . (i brev) **20**
kjærlighet, -en **5**
kjøkken, -et, -, -ene **9**
kjøleskap, -et, -, -ene **22**
kjøpe, -er, -te, -t **4, 12**
kjøre, -er, -te, -t **7, 8, 17**
kjøtt, -et **12**
klare, -er, -te, -t **11, 30**
klasse, -en, -er, -ene; klassens time **28**
kle, -r, -dde, -dd **21**
klem, -men, -mer, -mene **20**
klima, -et **29**
klippe, -er, klipte, klipt **6**
klokke, -a/-en, -er, -ene **3**
klær, -ne **8**
km = kilometer **10, 18**
kniv, -en, -er, -ene **20**
koke, -er, -te, -t **22**
kokt, -, -e **24**
kollega, -en, -er, -ene **22**
kolonialbutikk, -en, -er, -ene **10**
komedie, -en, -er, -ene **22**
komme, kommer, kom, kommet **6, 14, 22, 26**
kommune, -en, -er, -ene **28**
kone, -a/-en, -er, -ene **2**
konserthus, -et, -, -ene **29**
konsonant, -en, -er, -ene **5**
kontakt, -en, -er, -ene **29**
kontant **18**
kontor, -et, -/ -er, -ene **7**
konvolutt, -en, -er, -ene **5**
kopp, -en, -er, -ene **4**
kort, -, -e **4, 9**
kort, -et, -, -ene **6**
kose, -er, -te, -t; kose seg **24**
koste, -er, -et, -et **6, 12**
kraftig, -, -e **23**
krem, -en **20**
kriminalroman, -en, -er, -ene **27**
kristendom, -men **28**
krone, -a/-en, -er, -ene **6**
krøllet, -, -e **23**
kunne, kan, kunne, kunnet **2, 4, 14**
kunst, -en **29**
kupé, kupeen, kupeer, kupeene **16**
kusine, -a/-en, -er, -ene **23**
kvadratmeter, -en, -, -ne **15**
kvart over ett **3**
kveld, -en, -er, -ene **9, 15**
Kveldsnytt **9**
kylling, -en, -er, -ene **12**
kyllinggryte, -a/-en, -er, -ene **24**
kyss, -et/-en, -, -ene **20**
kø, -en, -er, -ene **22**
kåpe, -a/-en, -er, -ene **8**

la, -r, lot, latt; La meg se **15**
lag, -et, -, -ene **27**
lage, -er, -et, -et **8, 10**
laks, -en, -er, -ene **20**
lammestek, -en, -er, -ene **24**
land, -et, -, -ene **25**; **på landet** **18**
landsby, -en, -er, -ene **29**
landskamp, -en, -er, -ene **9**
lang, -t, -e **10**
langfredag, -en **25**
le, -r, lo, ledd **24, 26**
ledig, -, -e **15**
legesekretær, -en, -er, -ene **30**
legevakt, -en **27**
legge, -er, la, lagt **5, 21**
legitimasjon, -en, -er, -ene **16**
leie, -a/-en, -er, -ene **14**
leie, -er, -de, -d **9, 15**

leilighet, -en, -er, -ene **15**
leke, -er, -te, -t **10**
lekse, -a/-en, -er, -ene **22**
lenestol, -en, -er, -ene **15**
lenge 7
lengte, -er, -et, -et **5**
lese, -er, -te, -t **3, 11**
lete, -er, -te, -t **5**
lett, -, -e **11**
lettet, -, -e **12**
lettmelk, -a/-en **12**
lettøl, -en **24**
leve, -er, -de, -d **29**
levende 29
ligge, -er, lå, ligget **5, 15**
like . . . som 23
like, -er, -te, -t **4, 11**
likevel 17
likne, -er, -et, -et **23**
linje, -en, -er, -ene **28**
liten, lita/liten, lite, små **12**
liter, -en, -, -ne **4**
litt 2
liv, -et **14**
loff, -en, -, -ene **12**
lomme, -a/-en, -er, -ene **5**
lommebok, -a/-en, -bøker, -bøkene **23**
lommekniv, -en, -er, -ene **25**
LP(-plate), -en/-a, -er, -ene **14**
lue, -a/-en, -er, -ene **8**
lunsj, -en, -er, -ene **14**
lys, -et, -, -ene **18**
lys, -t, -e **15**
lyst; ha lyst på . . . **4**
lære, -er, -te, -t **11, 13**
lærer, -en, -e, -ne **2**
lærerfest, -en, -er, -ene **22**
lønn, -a/-en, -er, -ene **10**
løpe, -er, løp, løpt **10, 22**
lørdag 3
låne, -er, -te, -t **11**
lånekort, -et, -, -ene **11**

mage, -en, -er, -ene **12**
mamma, -en, -er, -ene **4**
mandag 3
mange 6, 8
mann, -en, menn, -ene **9**
margarin, -en **4**
mase, -er, -te, -t **18**
maskinskriving, -a/ -en **28**
masse = mye 25
mat, -en **4**
matbutikk, -en, -er, -ene **10**
matematikk, -en **13**
matpakke, -a/-en, -er, -ene **21**
med 8
med en gang 22
medlem, -met, -mer, -mene **10**
meg 8
meget 22
melk, -a/-en **4**
mellom 3
men 2
mens 20
meny, -en, -er, -ene **24**
mer 12
merke, -er, -et, -et **24**
merke, -et, -er, -ene **18**
meter, -en, -, -ne **11**
middagsbord, -et **22**
middels bra 22
midt 16, 18
mikrobølgeovn, -en, -er, -ene **10**
mil, -a/-en, -, -ene **10**
min, mi/min, mitt, mine 2, 9
min = minutter 10
mineralvann, -et **24**
miste, -er, -et, -et **27**
modell, -en, -er, -ene **13**
moderne, -, - **15**
mor, -a/-en, mødre, -ene **5**
mord, -et, -, -ene **14**
morgen, -en, morgener, morgenene **6, 8**
morgentog, -et, -, -ene **16**
Morn! 1
Morn'a! 1
moro = morsomt 26
morsmålsundervisning, -a/-en **28**
morsom, -t, -me **9**

moské, moskeen, moskeer, moskeene **29**
munn, -en, -er, -ene **19**
musikk, -en **5**
musikkrom, -met, -, -mene **11**
muslim, -en, -er, -ene **28**
mye **11**
møbler, møblene **10**
møblert, -, -e **15**
mørk, -t, -e **15**
møte, -et, -er, -ene **22**
må **6;** se måtte
måned, -en, -er, -ene **7**
måte **11**
måtte, må, måtte, måttet **6**

nabo, -en, -er, -ene **30**
nasjonalitet, -en, -er, -ene **7**
nattog, -et, -, -ene **16**
naturfag, -et, -, -ene **28**
navn, -et, -, -ene **2**
nedover **26**
nei **1; nei takk** **4**
nemlig **23**
nese, -a/-en, -er, -ene **17**
nest størst **29**
neste **8, 10**
nesten **9, 22**
nettopp **24**
nevø, -en, -er, -ene **20**
niese, -a/-en, -er, -ene **23**
noen, noe, noen **4, 6, 9, 11**
nok **12**
Nord-Norge **20**
nordmann, -en, nordmenn, -ene **10**
Norge **1**
norsk for utlendinger **3**
norsk-amerikaner, -en, -e, -ne **10**
norskkurs, -et, -, -ene **3**
norsklekse, -a/-en, -er, -ene **10**
nummer, -et, numre, -ene **19**
ny, -tt, -e **7, 8**
nydelig, -, -e **15**
nyhet, -en, -er, -ene **20**
nyttår, -et **25**
nyttårsfest, -en, -er, -ene **25**
nødutgang, -en **18**
nødvendig, -, -e **16**
nå **5**
når **3, 16**

obligatorisk, -, -e **28**
ofte **9**
og **1**
også **1**
oksefilet, -en, -er, -ene **24**
oktober **19**
olje, -en **12**
om **9, 11**
omtrent **6, 18**
onkel, -en, onkler, onklene **13**
onsdag **3**
opp **19**
oppover **26**
opptatt, -, -e **18**
oppvaskmaskin, -en, -er, -ene **10**
ord, -et, -, -ene **7**
orden; Det er i orden **22**
ordstilling **1**
oss **18**
ost, -en, -er, -ene **4**
over **3, 15, 18**
overdrive, -er, -drev, -drevet **28**
overtale, -er, -te, -t **17**

pakke, -a/-en, -er, -ene **12**
pakke, -er, -et, -et **17**
papir, -et, -/ -er, -ene **5**
paprika, -en, -er, -ene **12**
par; et par **13**
park, -en, -er, -ene **22**
parkere, -er, -te, -t **18**
pasient, -en, -er, -ene **19**
passe, -er, -et, -et **8, 15**
pause, -en, -er, -ene **7**
pen, -t, -e **8**
penger, pengene **7**
penn, -en, -er, -ene **7**

sammen; sammen med **4, 5, 8**
sammenlikne, -er, -et, -et **18**
sankthans **25**
sankthansfest, -en, -er, -ene **25**
sann, sant, sanne **27**
saus, -en, -er, -ene **27**
savne, -er, -et, -et **30**
se, ser, så, sett **5, 6, 9, 13, 18**
sekretær, -en, -er, -ene **30**
selge, -er, solgte, solgt **10**
selskap, -et, -, -ene **20**
selv **5**
selvfølgelig **11**
sende, -er, -te, -t **6**
senere **9**
seng, -a/-en, -er, -ene **14**
sent **22**
sentimental, -t, -e **22**
sentral, -t, -e **15**
sentrum, -et **7**
serie, -en, -er, -ene **9**
sette, -er, satte, satt **5, 18; sette seg** **21**
si, sier, sa, sagt **13**
side, -a/-en, -er, -ene **25**
sikker **18**
sikkert **26**
sin, sitt, sine **27**
sint, -, -e **26**
sist **20; siste buss** **16**
sitte, -er, satt, sittet **5, 17**
sivilstand, -en **7**
sjampinjongsuppe, -a/-en, -er, -ene **24**
sjef, -en, -er, -ene **19**
sjokolade, -en, -er, -ene **6**
sjø, -en **29**
sjømann, -en, -menn, -mennene **29**
sjømannsliv, -et **29**
skal; se skulle **6**
ski, -a/-en, -, -ene **26**
skilt, -, - **7**
skilt, -et, -, -ene **18**
skinke, -a/-en, -er, -ene **4**
skinne, -er, -te, -t **7**
skipsfart, -en **29**
skirenn, -et, -, -ene **25**
skitur, -en, -er, -ene **22**
skive, -a/-en, -er, -ene **4**
skjema, -et, -er, -ene **7**
skjorte, -a/-en, -er, -ene **8**
skjærtorsdag, -en **25**
skjønne, -er, skjønte, skjønt **11**
skjørt, -et, -, -ene **8**
sko, -en, -, -ene **8**
skole, -en, -er, -ene **3**
skolefri, -tt, -e **25**
skrive, -er, skrev, skrevet **2, 20**
skrivebord, -et, -, -ene **15**
skulle, skal, skulle, skullet **6, 12, 14**
skummet melk **12**
skylle, -er, skylte, skylt **19**
skynde, -er, -te, -t; skynde seg **21**
skål **20**
slalåm; kjøre slalåm **25**
slanke, -er, -et, -et; slanke seg **23**
slappe, -er, -et, -et; slappe av **10**
slik, -t, -e **8, 20**
slips, -et, -, -ene **8**
sliten, -t, slitne **26**
slitsom, -t, -me **25**
slott, -et, -, -ene **29**
slutt, -en; i slutten av noe **29**
slutte, -er, -et, -et **3**
slå, -r, slo, slått; slå av TV-en **27**
smake, -er, -te, -t **24**
smal, -t, -e **18**
smertestillende, -, - **27**
smile, -er, -te, -t **7**
smittet; bli smittet **27**
smør, -et **12**
snakke, -er, -et, -et **2, 7, 9, 11**
snart **10**
snill, snilt, snille **18, 27**
snø, -en **25**
snø, -r, -dde, -dd **7**
sofa, -en, -er, -ene **23**
sol, -a/-en, -er, -ene **7**
solbrent, -, -e **17**
sole, -er, -te, -t; sole seg **23**

som **13, 17, 21, 22**
sommer, -en, somrer, somrene **11**
sommerferie, -en, -er, -ene **28**
sove, -er, sov, sovet **3, 21**
soveværelse, -et, -er, -ene **15**
spagetti, -en **12**
spandere, -er, -te, -t **22**
spansk, -, -e **2**
spare, -er, -te, -t **11**
sparke, -er, -et, -et;
sparke fotball **22**
speil, -et, -, -ene **21**
spennende, -, - **14**
spesiell, spesielt, spesielle **26**
spesielt **28**
spille, -er, -te, -t **11, 17**
spise, -er, -te, -t **3, 12**
sport, -en, -er, -ene **11**
språk, -et, -, -ene **25**
språkkurs, -et, -, -ene **9**
spørre, spør, spurte, spurt
(om noe) **4, 14**
spørsmål, -et, -, -ene **30**
stakkars **19**
starte, -er, -et, -et **13**
stave, -er, -et, -et **2**
sted, -et, -er, -ene **3**
stekt, -, -e **24**
stelle, -er, -te, -t **10**
stemme, -en, -er, -ene **26**
stemme, -er, stemte, -t **6, 15**
stengt, -, -e **14**
stille **21**
stille, -er, stilte, stilt **21, 22**
stk. = stykk **12**
stol, -en, -er, -ene **10**
stoppe, -er, -et, -et **16**
stor, -t, -e **7**
straks **6**
strand, -a/-en, strender, -ene **17**
strikke, -er, -et, -et **10**
student, -en, -er, -ene **7**
studere, -er, -te, -t **7**
stue, -a/-en, -er, -ene **9**
stund, -en, -er, -ene **17**
stygg, stygt, stygge **15**
stykke, -et, -er, -ene **4**

størrelse, -en, -er, -ene **8**
støvel, -en, støvler, støvlene **26**
støvsuge, -er, -de, -d **10**
stå, står, stod, stått **5, 13;**
stå opp **3**
sukker, -et **4**
sulten, -t, sultne **4, 17**
sunn, sunt, sunne **12**
super, -t, supre **17**
suppe, -a/-en, -er, -ene **24**
sur, -t, -e **23**
svar, -et, -, -ene **30**
svare, -er, -te, -t **14**
svensk, -, -e **9**
Sverige **20**
svigerfar, -en, -fedre, -ene **23**
svigerinne, -a/-en, -er, -ene **23**
svigermor, -a/-en, -mødre,
-ene **23**
svinekotelett, -en, -er, -ene **24**
svinge, -er, -te, -t **18**
svoger, -en, svogrer, -ne **23**
svært **19**
svømme, -er, -te, -t **11**
svømmehall, -en, -er, -ene **11**
sy, -r, -dde, -dd **10**
syk, -t, -e **12**
sykehus, -et, -, -ene **10**
sykepleier, -en, -e, -ne **13**
sykle, -er, -et, -et **5, 11**
syltetøy, -et **4**
synd **19; synes synd på
noen** **27**
synes, -, syntes, har synes **6, 17**
synge, -er, sang, sunget **25**
søndag **3**
sønn, -en, -er, -ene **15**
Sør-Amerika **1**
søster, -a/-en, søstre, -ne **23**
søt, -t, -e **23**
søtsaker, -sakene **12**
så **7, 18**
sånn **18**

ta, tar, tok, tatt **3, 4, 5, 6,
12, 21**

ta seg av noen **30**
tablett, -en, -er, -ene **19**
takke, -er, -et, -et **20; takk** **4, 19**
tale, -en, -er, -ene **20**
tanke, -en, -er, -ene **24**
tann, -a/-en, tenner, tennene **19**
tannlege, -en, -er, -ene **9**
tannpine, -en **19**
tannpleie, -en **28**
tante, -a/-en, -er, -ene **23**
tappe, -er, -et, -et **21**
teater, -et, teatre, teatrene **9, 22**
telefon, -en, -er, -ene **7**
telefonkiosk, -en, -er, -ene **14**
telefonliste, -a/-en, -er, -ene **19**
telefonsamtale, -en, -er, -ene **14**
telt, -et, -, -ene **20**
tenke, -er, -te, -t **5, 11, 12**
tennis, -en **9, 11**
teoretisk, -, -e **28**
teppe, -et, -er, -ene **15**
termometer, -en, -metre, -metrene **27**
termos, -en, -er, -ene **17**
ti **2**
tid, -a/-en, -er, -ene **3, 10, 27**
tidlig, -, -e **13; tidligere** **23**
til **3, 14, 15, 19; til og med** **23**
tilbake **6**
tilbud, -et, -, -ene **12**
time, -en, -er, -ene **7**
timeplan, -en, -er, -ene **3**
ting, -en, -, -ene **28**
tirsdag **3**
tjene, -er, -te, -t **10**
to **2**
tog, -et, -, -ene **16**
tomat, -en, -er, -ene **12**
torsdag **3**
torsk, -en, -er, -ene **12**
tradisjon, -en, -er, -ene **20**
trafikk, -en **18**
tran, -en **6**
tre **2**
tredje etasje **19**
treffe, -er, traff, truffet **5, 14**
trene, -er, -te, -t **17**
trenge, -er, -te, -t **7, 16**
trening, -a/-en **11**
trist, -, -e **7**
trives, -, trivdes, trives **7, 20**
tro, -r, -dde, -dd **8, 18**
trolig **30**
tromme, -a/-en, -er, -ene **25**
tropisk, -, -e **29**
trykk **1**
trøtt, -, -e **13**
tung, -t, -e **13**
tur, -en, -er, -ene **9**
tur-retur **16**
turisme, -en **29**
turist, -en, -er, -ene **29**
turistby, -en, -er, -ene **29**
tusen; tusen takk **4**
tusenlapp, -en, -er, -ene **6**
tykk, tykt, tykke **17**
tysk, -, -e **28**
tøffel, -en, tøfler, tøflene **18**
tørke, -er, -et, -et **6, 21**
tørst, -, -e **4**

uenig, -, -e **30**
uff **17**
ugift, -, -e **7**
uke, -a/-en, -er, -ene **12**
ukeblad, -et, -er, -ene **6**
umoderne, -, - **15**
under **15**
undersøke, -er, -te, -t **19**
undervisning, -a/-en **28**
ungdomsskole, -en, -er, -ene **28**
universitet, -et, -, -ene **28**
unnskyld **2, 4**
unnskylde, -er, -te, -t **19**
unntatt **23**
unødvendig, -, -e **25**
urolig, -, -e **27**
ut **5, 17**
utdanning, -a/-en, -er, -ene **13**
ute **17**
uten; uten å gjøre noe **21**
utenfor **11**
utenlandsk, -, -e **11**

utland, -et, -, -ene **29**
utlending, -en, -er, -ene **20**
utmerket, -, -e **24**
utsikt, -en, -er, -ene **26**
utsolgt, -, -e **6**
uttale, -en **1**
uttrykk, -et, -, -ene **1, 29**

valgfri, -tt, -e **28**
vann, -et **4**
vanskelig, -, -e **19**
vare, -en, -er, -ene **12**
varm, -t, -e **7**
varme, -er, -et, -et **26**
vaske, -er, -et, -et **6, 21; vaske opp 10**
ved 16; ved siden av 15
vegg, -en, -er, -ene **15**
vei 18; på veien 5
veie, -er, -de, -d **6**
vekke, -er, -et, -et **17**
vekkerklokke, -a/-en, -er, -ene **21**
veksle, -er, -et, -et **6**
vel 9, 11, 18; ja vel 7
veldig 14
velge, -er, valgte, valgt **24**
velkommen 10
venn, -en, -er, -ene **5**
venninne, -a/-en, -er, -ene **20**
vennlig, -, -e **20**
venstre; til venstre **4**
vente, -er, -et, -et **4, 15**
ventetid, -a/-en, -er, -ene **19**
venteværelse, -et, -er, -ene **19**
verksted, -et, -er, -ene **10**
veske, -a/-en, -er, -ene **21**
Vestlandet 29
vi 2
video, -en **9**
videregående skole 28
vikar, -en, -er, -ene **29**
viktig, -, -e **29**
ville, vil, ville, villet **4, 5, 6, 13**
vin, -en **4**
vindu, -et, -er, -ene **15**
vinne, -er, vant, vunnet **22**
vinter, -en, vintrer, -vintrene **25**
vinterferie, -en, -er, -ene **25**
virke, -er, -et, -et **7**
virkelig 12
viskelær, -et, -, -ene **7**
vitamin, -et, -er, -ene **27**
vite, vet, visste, visst **7, 21**
vokse, -er, -te, -t; vokse opp **29**
voksen, -t, voksne **22**
vold, -en **22**
vondt; ha vondt **17, 19**
vott, -en, -er, -ene **26**
vær så snill og/å . . . 19
vær så god 4, 6, 8
vær, -et **7**
være, er, var, vært **3, 5, 10, 11, 14, 20**
våken, -t, våkne **21**
våkne, -er, -et, -et **17**
vår, -en, -er, -ene **25**
våt, -t, -e **11**

yndlingsbilde, -et, -er, -ene **23**
yrke, -et, -er, -ene **7**
yrkesaktiv, -t, -e **30**
yttertøy, -et **21**

øl, -en **4**
ønske, -er, -et, -et **15**
øre, -en/-et, -er, -ene **6**
ørret, -en, -er, -ene **24**
øve, -er, -de, -d **26**
øye, -et, øyne, øynene **27**
øyeblikk, -et, -, -ene **14**

å 7
åpen, -t, åpne **14**
år, -et, -, -ene **2**
årstid, -a/-en, -er, -ene **25**

Norske vokaler

1 Kari bor i Bakergata.
2 Ạnne har en kạtt.
3 Tor leser ei bok.
4 Ọtto liker ọst.
5 Knut har et hus.
6 Gụnnar er en gụtt.
7 Åse har en båt.
8 Ọdd er ạ̊tte år.
9 Per skriver et brev.
10 Ẹllen er ei jẹnte.
11 Liv har en bil.
12 Nịls er nịtten år.
13 Lyder bor i en by.
14 Ỵngve har en sỵkkel.
15 Søren har et brød.
16 Jø̣rgen liker ø̣l.
17 Sæmund er lærer.
18 Hẹrman har en pẹrm.

Norske diftonger

1 K**ai** ser en h**ai**.
2 L**ei**f har en l**ei**lighet.
3 **Øy**vind bor på en **øy**.
4 **Au**d har en s**au**.